BVT

Eine Frau, die in einem Schuh wohnt und die Welt betrachtet; ein unglücklich verliebter Klempner, der auf einen sprechenden Frosch trifft; ein jüdischer Riese, der Betrachtungen über den Selbstmord anstellt; ein Junge, der sich Hals über Kopf in eine Äffin verliebt, und ein Mädchen, das eine Meerjungfrau in einem Einmachglas geschenkt bekommt: das sind die wunderlichen Gestalten, die Sheila Hetis Geschichten beleben. Ihre Erzählungen sind moderne Stadtfabeln, die auf den ersten Blick unschuldig wirken und doch ein tiefes Wissen von Liebe, Leben und Einsamkeit enthalten.

Sheila Heti wurde am ersten Weihnachtstag des Jahres 1976 geboren. Als Tochter einer ungarisch-jüdischen Familie wuchs sie in Toronto auf. Nach kurzem Aufenthalt in Montreal, wo sie fürs Theater arbeitete, kehrte sie nach Toronto zurück, um dort Philosophie und Kunstgeschichte zu studieren.

Sheila Heti

Die Frau, die in einem Schuh wohnte

und andere fabelhafte Geschichten

Aus dem Englischen
von Monika Schmalz

Berliner Taschenbuch Verlag

Deutsche Erstausgabe
Juli 2002
BvT Berliner Taschenbuch Verlags GmbH, Berlin,
ein Unternehmen der Verlagsgruppe Random House GmbH
Die Originalausgabe erschien 2001 unter dem Titel
The Middle Stories
bei House of Anansi Press Limited, Toronto

Umschlaggestaltung: Nina Rothfos und Patrick Gabler,
Hamburg, unter Verwendung einer Fotografie von

Gesetzt aus der Palatino und der Trixie durch psb, Berlin
Druck und Bindung: Elsnerdruck, Berlin
Printed in Germany · ISBN 3-442-76114-X

Für meine Familie

Inhalt

Ein Mann aus der Gegend, der nur Klempner war, bat die Prinzessin um ihre Hand. Er war aus der Gegend, also war das in Ordnung, soweit, aber er war Klempner und wusste, selbst wenn sie ihn liebte, würde ihr Vater nein sagen.

Sie liebte ihn nicht. Sie kannte ihn nicht einmal. Als er sich ihr am Gartenzaun vorstellte, blickte sie von ihrem Buch auf, über den Rand ihrer Sonnenbrille hinweg, und sagte: »Siehst du nicht, dass ich eine Prinzessin bin? Ich habe keine Zeit für gewöhnliche Jungs. Ich habe keine Zeit für dich. Wenn du eines Tages ein Prinz bist, kannst du wiederkommen. Bis dahin wäre alles gesagt.« Ihre Beine waren lang und nackt in der Sonne.

Der Klempner, ein bescheidener junger Mann, war sehr betrübt. Er war ein guter Mann, dachte er, sogar gut aussehend, und hätte es besser verdient.

»Ich bin stark«, sagte er, »und ich habe jede Menge Humor. Du wirst es merken, wenn du nur eine einzige Nacht mit mir verbringst. Ich kann dir geben, was immer du willst. Ich werde dich sehr glücklich machen.«

»Ich habe alles gesagt, was es dazu zu sagen gibt, und mehr sage ich nicht«, entgegnete die Prinzessin. »Es beliebt mir nicht, mit dir zu sprechen.« Und sie drehte den Kopf und nahm einen Bogen Bräunungsfolie vom Rasen und versperrte ihm damit die Sicht.

»So weit, so gut«, sagte er. »Aber ich komme wieder.«

An jenem Abend ging er nach Hause und baute mit einem Hammer und ein bisschen Holz den unglaublichsten Hochzeitsapparat, den die Welt je gesehen hatte. Man muss schon ein besonderer Mann sein, um etwas Neues zu erfinden, etwas, das sich noch keiner vorher ausgedacht hat, und in jener Nacht, inspiriert von ihrer Zurückweisung, tat er genau das.

Am nächsten Tag, nach nur sieben Stunden Schlaf, kehrte er zurück zum Schloss der Prinzessin und klingelte an der Haustür. Ein Dienstmädchen öffnete ihm.

»Ich möchte bitte zur Prinzessin«, sagte er. »Ich habe ein Geschenk für sie. Ich muss sofort zu ihr.«

»Wie ist Ihr Name?«, fragte das Dienstmädchen.

Der Klempner wartete und wartete und wartete und wartete, aber das Dienstmädchen kam nicht wieder. Er klingelte erneut, und noch immer ging das Dienstmädchen nicht an die Tür. Er wandte sich zum Gehen, aber noch ehe er das Wartehäuschen der Bushaltestelle erreichte, rief ihm eine Stimme etwas hinterher.

»Komm doch mal! Komm zurück! Du gibst viel zu schnell auf, Mann!«

Der Klempner drehte sich um, konnte aber niemanden entdecken. »Wer ist da?«, fragte er. »Wer verfolgt mich?«

»Das bin ich!«, sagte eine Stimme, und der Klempner spürte ihr nach und stieß unmittelbar auf einen

Frosch in einem Baum. »Ich habe alles beobachtet«, sagte der Frosch, »und es ist eine Schande, wie sie dich behandelt. Warum suchst du dir nicht irgendein nettes Mädchen? In dieser Stadt gibt es jede Menge schöne Mädchen.«

»Ich will kein nettes Mädchen«, entgegnete der Klempner. »Ich will die Prinzessin. Aber sie gibt mir keine Chance, weil ich Klempner bin. Sie sieht gar nicht, was ich alles kann. Sieh mal, das habe ich gebaut«, sagte er und hielt ihm den hölzernen Apparat hin, »eigens durch sie inspiriert. Wenn sie ihn sähe, dann wüsste sie, was für ein Mann ich wirklich bin.«

»Ich weiß, was für ein Mann du wirklich bist«, sagte der Frosch. »Du bist ein Verrückter! Was soll das für ein Apparat sein? Damit bringst du sie bestimmt nicht dazu, sich in dich zu verlieben. Frauen machen sich nichts aus Kleinteilen und Technik. Sie wollen den Beweis, dass du besser bist als sie. Mit dieser lächerlichen Maschine bist du bestimmt nicht besser als sie, das ist schon mal klar.«

Der Klempner sah den Frosch noch kurz an, ehe er sich umdrehte und auf das Wartehäuschen der Bushaltestelle zusteuerte. Er war bestürzt über das, was der Frosch gesagt hatte, und keineswegs geneigt, ihm zu glauben, doch der Frosch hatte so überzeugend argumentiert und schien sich seiner Sache so sicher. Dennoch, was wusste ein Frosch schon über die Liebe? Er war drauf und dran, zurückzugehen und ihn nach seinen Referenzen zu fragen, als der Bus kam, und er kam nur alle zwanzig Minuten.

Im Bus saß ein wunderschönes kleines Mädchen von etwa sieben oder acht Jahren. Sie hatte eine Kunststoffpuppe dabei und saß neben dem einzigen freien Platz. Der Klempner setzte sich neben sie, und ihr blonder Zopf ruhte an seinem bloßen Arm. Sie konnte nichts dafür; es waren wehende Locken.

»Deine Zelluloidpuppe«, sagte er. »Wie heißt sie?«

Das Mädchen lächelte andeutungsweise, wandte dann ihre traurigen, wässrigen Augen zum Fenster und sagte mit abwesendem Blick: »Ich bin gerade mitten in einem sehr schlimmen Albtraum. Sprechen Sie mich bitte nicht an.« Sie sah, wie die Welt in sehr hohem Tempo vorüberzog, und draußen war alles dunkel und grau. Städte und Ortschaften rauschten vorbei, und neben ihr saß ein riesiger Wolkenkratzer von einem Mann mit großen kräftigen Händen. Sie flüsterte ihrer Puppe ein Geheimnis zu, das der Mann nicht hören konnte, aber da er Angst hatte, noch mehr zu sagen, stellte er keine Fragen.

Er stieg an seiner Haltestelle aus, aber irgendwie folgten ihm ihre Haare. Drei kleine Härchen klebten an seinem Arm, und abends im Bett drückten sie sich an ihn und wiegten ihn sanft in den Schlaf.

In jener Nacht träumte er etwas sehr, sehr Trauriges, und als er morgens aufwachte, erinnerte er sich wieder an die Prinzessin. Die drei Haare von dem Mädchen im Bus hatten sich herzförmig um sein eigenes Herz gelegt, und er nahm sie auf seine Fingerspitze und dachte an das, was der Frosch ihm erzählt hatte: »Die Frau will einen Mann, der besser ist als sie.«

Er stand auf und ging zur Dusche. Er duschte jedoch nicht. Er wollte den Tag nicht mit einer so banalen Aktivität einläuten. Also drehte sich der Klempner um, zog sich an und trat direkt hinaus an die frische sonnige Luft. Es war Frühling, und noch war jeder sonnige Tag ein Geschenk. »Hallo!«, rief er den Vögeln zu, die um ihn herumschwirrten, und ging geradewegs zum Schloss, um die Prinzessin zu besuchen.

Als er dort ankam, merkte er sofort, dass irgendetwas nicht stimmte. Während vorher etwas Üppiges und Heiteres und Prunkvolles in der Luft gelegen hatte, war an jenem Tag etwas dumpf, skeletthaft und modrig. Der Klempner klingelte an der Haustür. Das Dienstmädchen öffnete ihm, doch war das Dienstmädchen auf einmal eine ziemlich dünne Frau.

»Was ist mit Ihrem Körper passiert?«, entfuhr es ihm entgeistert.

»Ach, wissen Sie.« Sie sah zu Boden und ihre Augen füllten sich mit Tränen. »Das ist an nur einem einzigen Tag aus mir geworden. Es scheint eine Seuche über das Schloss gekommen zu sein. Wir schrumpeln alle zusammen. Die Diener, die Köche, sogar unsere kleine Prinzessin.«

»Die Prinzessin!«, rief der Klempner. »Ich muss zu ihr.«

»Nein!«, rief das Dienstmädchen. »Sie müssen sich von diesem Hause fernhalten. Wir stehen unter Quarantäne. Wenn Sie das Haus betreten, werden Sie krank, wird die Seuche, welche immer es ist, die uns befallen hat, auch Sie anstecken. Außerdem ist sie zu schwach, um Besuch zu empfangen.«

»Sie liegt im Sterben«, sagte er leise und wusste sogleich, wer daran schuld war. Er bekundete sein Beileid und zupfte ein paar Grashalme aus dem Boden und warf sie gegen die Backsteine, aus denen die Schlosswände gebaut waren.

Als er weit genug davongeschlendert war, rief er laut: »Frosch!«, und ging unter jenem Baum auf und ab, wo er am Vortag dem Frosch begegnet war. »Komm raus! Ich weiß genau, dass du da drin bist! Bestimmt hast du dich getarnt! Komm raus, komm raus!«

Widerwillig kletterte der Frosch aus dem Blättergestrüpp, in dessen Schatten er zufrieden gebadet hatte, bis hinunter auf einen tief hängenden Ast.

»Warum bringst du die Prinzessin um?«, fragte der Mann.

»Was? Wer? Ich? Ich bringe die Prinzessin nicht um. *Du* bist es, der die Prinzessin umbringt.«

»Was redest du da«, sagte der Mann, der Klempner war und die letzten drei Tage nicht einen einzigen Gedanken mehr an seinen Beruf verschwendet hatte. Wenn er nicht bald wieder zur Arbeit ging, würde er bestimmt bald gar keinen Job mehr haben, und das wäre nicht richtig.

»Jetzt pass mal gut auf«, sagte der Frosch. »Die Zeiten ändern sich. Die Welt ist nicht mehr so wie damals, als du ein kleiner Junge warst. Sehr bald werden wir große Konzerne haben und Roboter werden die ganze Arbeit machen. Die Leute werden ohne Arbeit und nutzlos sein. Das Geld, das die Konzerne einnehmen, wird von der Regierung schwer besteuert werden, und die Regierung wird dieses ganze Geld an das Volk weitergeben. Es wird ein einziger Wohlfahrtsstaat sein. Angesichts der Fortschritte in der Altersforschung werden die Leute dabei aber bis zu zweihundert Jahre alt. Unsere Auffassung vom Leben wird sich radikal ändern. Es wird nichts mehr gelten von alledem, was wir über das Leben wissen. Die Leute werden zweihundert Jahre Freizeit haben und nie mehr arbeiten oder irgendetwas tun müssen.«

Der Klempner war fassungslos. »Was redest du da?«, fragte er. »Woher weißt du das alles? Woher weißt du das und woher weißt du über Frauen Bescheid? Ich glaube dir nicht. Du hast doch gar keine Referenzen.«

»Referenzen willst du! Was bist du denn für ein Dorfdepp!«, sagte der Frosch.

»Du kannst mich nicht einfach mit deinen Ansichten zuschwafeln. Ich muss die Prinzessin retten.«

»Das wirst du nicht tun. Was kannst du schon ausrichten? Dein Geschmack ist dermaßen infantil. In der Stadt gibt es jede Menge schöne und willige Frauen, und viele davon wären froh mit einem Mann wie dir. Was willst du von diesem kränkelnden Geschöpf?«

»Warum bringst du die Prinzessin um?«

»Das tu ich nicht, du tust es.«

»Das kann doch nicht wahr sein«, sagte der Klempner; dann verabschiedete er sich und bestieg einen Bus und stellte fest, dass er wieder neben demselben kleinen Mädchen saß. Ihre Augen wirkten noch ängstlicher als beim letzten Mal, ihre Haare waren zerzaust, und dort, wo eigentlich weiche rosa Bäckchen hätten sein sollen, befanden sich dunkelblaue Kringel.

»Ich bin noch immer in demselben Albtraum«, sagte sie mechanisch.

»Die Prinzessin liebt mich nicht und liegt im Sterben.«

Er stieg an seiner Haltestelle aus und das Mädchen fuhr fort in ihrem Albtraum. Diesmal klebten keine ihrer Haare an seinem Arm. In jener Nacht wälzte er sich unablässig im Schlaf, und als er morgens aufwachte, hatte der Himmel einen merkwürdigen Lilaton.

»Was geschieht mit dieser Welt?«, fragte er, und dann, auf dumpfe Art inspiriert, baute er eine Kiste aus Pappe, aber mit Falzen, die die Welt noch nicht gesehen hatte.

Irgendetwas ging gerade schief, er wusste bloß nicht was oder warum.

An jenem Nachmittag wollte er wieder zur Prinzessin, aber diesmal ging das Dienstmädchen an die Tür und sagte: »Sie sind zu spät. Die Prinzessin ist tot. Es lebe die Königin.«

Der Klempner war am Boden zerstört. »Jetzt werde ich niemals die Liebe meines Lebens finden«, sagte er und schleppte einen Blumenstrauß hinter sich her. »Ich werde nie wieder lieben.« Er setzte sich auf eine Bank.

Der Frosch, aber ein anderer als vorher, ließ sich von einem Baum plumpsen und lehnte die müden Glieder gegen seine Schulter. Der Frosch sagte: »Die Zeiten ändern sich schneller und schneller und ich werde ein alter Mann. Erst gestern noch waren meine Schritte von jugendlichem Schwung beseelt, doch heute erkenne ich nicht mal meinen eigenen Bauch wieder. Ich sehe mich an und sehe einen anderen Frosch, und ich sehe die anderen Frösche an, und sie alle scheinen ihr Leben herumzubringen, indem sie die ganze Zeit über nichts Besonderes tun.«

»Es ist gut, manchmal an manches zu denken«, sagte der Mann, der Klempner war, dem aber inzwischen diese Fähigkeit abhanden gekommen war. Er zupfte einen Grashalm aus der Erde, vielleicht einer von denen, die er als Glücksbringer einen Tag zuvor gegen die Schlossmauer geworfen hatte.

Das Gras sagte nichts, lag einfach nur in seiner

Hand. Er inspizierte es, doch keine Erkenntnis ging davon aus.

»Die Zeiten ändern sich«, sagte er, »doch die Liebe bleibt immer gleich.«

Dadurch wurde einiges besser, eine Zeit lang. Der Mann ließ den Kopf auf die Brust sinken und weinte und weinte wie ein Kind, und der Himmel ließ Schnee herabfallen. Und der Mann hörte auf zu weinen, so wie der Schnee zu schneien aufhörte, und die ganze Welt war in Weiß gehüllt.

Ich hab eine Meerjungfrau im Einmachglas, die mir Quilty für fünfundzwanzig Cents auf einem privaten Flohmarkt gekauft hat. Die Nixe ist so drauf, dass sie voll den Hass auf mich hat, aber sie ist ja im Glas, und solange ich nicht den Deckel aufmache, kommt sie auch nicht raus, um mich umzubringen.

Das kleine Glas steht auf meiner Fensterbank, direkt hinter meinem Bett, ganz nah an meinem Kopf, und wenn ich mitten in der Nacht hochgucke, hoch und nach hinten, kann ich sehen, wie sie in dem trüben kleinen Tümpel aus ihrer eigenen Scheiße und Kotze schwimmt, und dann kann ich lächeln.

»Hallo, Nixe! Wie geht's denn so an diesem wunderschönen Abend?«, kann ich sagen, und manchmal tu ich es auch. »Wie furchtbar traurig, dass du so schön bist und so jung und dass du so verdammt gefangen bist und für immer und ewig in deinem Glas hocken musst, haha!«

Einmal war ich auf Klassenfahrt und hab meine Meerjungfrau mitgenommen, einfach so aus Scheiß. Wir wollten zu den Niagarafällen, und ich dachte so: ›Na ja, dann, vielleicht halte ich sie übers Geländer, jag ihr einen kleinen Schrecken ein, weise sie in ihre Schranken.‹ Oder ich lasse sie im Wasserfall frei und bin sie los. Aber als wir ankamen, hab ich sie in meiner kleinen braunen Papiertüte mit meinem heißen Käsebrot unter meinem Sitz im gelben Schulbus vergessen. Aber immerhin wurde sie auf der Hinfahrt durchgeschüttelt und auf der Rückfahrt durchgeschüttelt, und das reichte mir dann auch.

Einmal hab ich eine Party gemacht und alle meine Freundinnen eingeladen, sieben Mädchen zum Spielen und Übernachten, und nachdem wir alle Nummern durchtelefoniert hatten, die uns im Kopf rumschwirrten, und nachdem wir schon zwei Mal Pizza bestellt und Tischerücken bis zum Abwinken gemacht hatten, fiel mir so ein: ›Eigentlich könnt ich ja mal meine Meerjungfrau rausholen und sie ihnen vorführen. Sie könnten sie mit fiesen Grimassen erschrecken, und wir könnten sie hin und her schmeißen wie einen richtigen kleinen Ball.‹ Aber dann schlief Emma ein und dann Wendy und Carla und die anderen, und so blieb die Meerjungfrau eben im Schrank, wo ich sie am Nachmittag reingesperrt hatte.

Einmal, als ich dachte, sie könnte mal bestraft werden, hab ich sie in ihrem elenden Einmachglas den ganzen Killerhügel bis runter in die Schlucht rollen lassen. Ein anderes Mal hab ich sie ganz tief in den Swimmingpool meiner Freundin geschmissen.

Jetzt wird sie wohl langsam alt. Am Freitag hab ich sogar ein graues Haar entdeckt, und Falten breiten sich überall in ihrem Gesicht aus, und so sehr ich sie vorher mochte, mag ich sie jetzt noch weniger. Ich hab dann so rumüberlegt, was ich mit ihr anstellen soll, aber ich denke mal, ich behalte sie einfach noch eine Zeit lang. Wenigstens, bis ich wieder glücklich bin.

Ein flatterhaftes kleines Fräulein, das ein bisschen züchtig und ein bisschen zart war, blieb an einem Flohmarktstand stehen und nahm eine Flasche in die Hand und sagte zu der Frau: »Und was kostet die?«

»Fünfundsiebzig Cents.«

»Und was kostet das?«

»Vier Dollar.«

»Und was kostet dieses Ding?«

»Ein Dollar fünfundneunzig.«

»Das nehm ich.«

Und so machte es das Fräulein den ganzen Tag lang, schlenderte an den Ständen vorbei und nahm Knöpfe und Handtaschen und Monokel in die Hand und dachte an nichts anderes als: »Und was kostet dieses Ding?« – »Und was kostet dieses Ding?« – »Und was kostet das?«

Als das Fräulein an jenem Abend nach Hause kam, legte es alles, was es gekauft hatte, auf seinen Küchentisch und rechnete im Kopf zusammen, was es ausgegeben hatte – vierundsiebzig Dollar und fünfundzwanzig Cents –, und nahm die Gegenstände einzeln in die Hand und fing an, eins nach dem anderen sauber zu machen. Zuerst war da der Majorettenstab mit Federn, dann der kleine Zylinderhut, dann der Bilderrahmen mit dem Bild drin.

Ein paar Stunden später gab das Fräulein ein entzückendes Gähnen von sich und streckte seine Glieder. Als es morgens aufwachte, ging das Fräulein wieder zum Flohmarkt. Eine der Frauen hinter einem der Stände, ein ovales Etwas mit grauem Haarbüschel, sagte zu dem Fräulein: »Hallo. Ich glaube, ich kenne Sie. Sie kommen mir bekannt vor.«

»Ja«, entgegnete das Fräulein. »So ist es wahrscheinlich auch. Ich war gestern schon hier.«

»Nein«, sagte die Frau hinter dem Stand und stützte sich auf das Glas und beugte sich ein Stück nach vorn. »Ich habe das Gefühl, ich kenne Sie aus einem anderen Leben.«

»Das ist ganz unmöglich!«, lachte das Fräulein. »Dies hier ist das einzige Leben, das ich je hatte.« Es hatte von solchen Frauen wie dieser schon gehört, Frauen, die an die Wiedergeburt glaubten, obwohl es noch nie mit einer ins Gespräch gekommen war. Es wusste nicht genau, wie es sich verhalten sollte. »Auf Wiedersehen«, sagte das Fräulein statt einer Erklärung und ging schnurgerade den Gang entlang.

Die Frau rannte hinter ihrem Stand hervor und packte das Fräulein am Arm. »Warten Sie!«

»Aua!«

»Ich kenne Sie aus einem anderen Leben!«

»Ich habe Ihnen doch gesagt, ich war gestern schon hier«, sagte das Fräulein und wand sich aus ihrem Griff.

»Aber ich habe schon von Ihnen geträumt.«

»Nein, das ist lächerlich. Ich glaube nicht an so was.« Und das Fräulein wandte sich ab und verlor sich im Gedränge, ohne sich noch einmal umzusehen. Langsam ging die Frau wieder hinter ihren

Stand und blickte der zarten Gestalt nach, die nicht gerade sehr freundlich gewesen war.

An jenem Abend, als das Fräulein gerade beim Einschlafen war, klingelte das Telefon. Es war zu müde, um den Hörer abzunehmen, aber beim siebten Klingeln ging es doch an den Apparat. Schließlich hätte es ja auch der neue Freund des Fräuleins sein können, der noch so neu war, dass er praktisch noch gar kein richtiger Freund war.

»Ja?«, sagte das Fräulein in den Hörer.

»Hier ist Sam.«

»Hallo!«, quietschte das Fräulein, wurde lebhaft und richtete sich ein bisschen auf. »Ich war gerade beim Einschlafen.«

»Hast du an mich gedacht?«

»Natürlich.« Das Fräulein errötete und zupfte ein bisschen am Ausschnitt seines Nachthemds herum. »Ich habe mir schon gedacht, dass du es bist. Ich habe einen siebten Sinn, weißt du.«

»Du hast doch keinen siebten Sinn. Was hast du an?«

Das Fräulein beschrieb ihm die Farbe und den Stoff seines Nachthemds. Dann sagte es: »Und, wie war dein Tag?«

»Kann ich vorbeikommen?« Seine Stimme klang etwas jammerig.

»Nein!«, sagte das Fräulein ziemlich verblüfft. »Es ist fast ein Uhr morgens.«

»Aber du bist doch auf, oder nicht?«

»Nein«, sagte das Fräulein. »Das wäre nicht angemessen.« Sie tauschten noch ein paar Worte aus, und leicht verwirrt schlief das Fräulein ein.

Morgens, als die Sonne auf Zehenspitzen durch die Jalousien hereinkam und sich das Fräulein unter der Bettdecke regte, klopfte es an der Tür. »So ein Mist«, sagte das Fräulein und warf sich seinen neuen Bademantel über und zog seine Pantoffeln an, die ebenfalls nagelneu und rot waren, und ging durch den Flur, um aufzumachen. »Wer ist denn da?«, fragte das Fräulein beim Losmachen der Kette, doch als es sah, wer es war, rief es: »O nein!«, und stemmte sein ganzes Gewicht gegen die Tür. »Das ist nicht richtig«, sagte es durch das Holz hindurch und war drauf und dran, das Schloss wieder einzuhängen, als die Besucherin hereinsprang und die Tür hinter sich zuknallte.

»Ich habe Ihnen nicht aufgelauert«, sagte die Frau vom Flohmarkt, die sich offenbar über Nacht die Haare gefärbt hatte, denn sie waren jetzt nicht mehr grau, sondern orange.

»Wir haben einen gemeinsamen Bekannten: Sam.«

»Sam!«

»Sam ist mein Bruder«, sagte die Frau leichthin. »Darf ich mich setzen?«

»Aber –« Das Fräulein war nervös. »Sam ist nicht Ihr Bruder!«

Drei Wochen später war die Sache unter Dach und Fach. Das Fräulein sollte Sam heiraten und Sylvia, die Frau vom Flohmarkt (die erstaunlicherweise denselben zweiten Namen hatte wie das Fräulein), sollte Blumenmädchen sein.

Am Kartentisch, bei trüber Beleuchtung, fuhr Sylvia fort, ihre Gedanken auszuwerfen. »Ich wollte schon immer mal Blumenmädchen sein! Schon mein ganzes Leben lang! Weißt du noch, als wir dachten, Onkel Murray würde heiraten, und ich sollte Blumenmädchen werden, und dann wurde nichts draus und mein ganzer Wunsch löste sich in nichts auf?«

»Du bist wirklich lustig«, sagte Sam lächelnd. Seit er das Fräulein kannte, hatte er nicht mehr aufgehört zu lächeln, und jetzt lehnten sich die beiden gegeneinander und grinsten so breit und warfen einander süße kleine Blicke aus dem Augenwinkel zu. Sylvia lehnte sich gegenüber in ihrem Stuhl zurück, und auch sie lächelte in einem fort. »Ich freue mich ja so für euch beide. Ich bin so glücklich. Ich bin sicher, dass es klappen wird.«

»Ich werde Sylvia im Geschäft helfen«, sagte das Fräulein eifrig, als wäre das etwas Neues für Sam.

»Weiß ich, weiß ich.«

»Sie wird's wirklich tun, Sam!«

»Ich weiß!«

Das Fräulein hatte sich schon immer für Antiquitäten begeistert, und jetzt sollte es im Geschäft mithelfen! Das war wirklich der Wahnsinn.

Am darauf folgenden Samstag waren Sylvia und das Fräulein unten auf dem Flohmarkt, unter bewölktem Himmel, die Hacken aufgestützt, als eine Frau vor ihnen auftauchte. In Farbe und Statur ähnelte sie dem Fräulein, und sie heftete den Blick auf den Tisch und berührte den Weihnachtsschmuck, der ein halbes Jahrhundert alt war. »Was kostet das?« – »Und was kostet das?« – »Und was kostet das?« Es war ein scheußlicher Tag, und plötzlich fing es an zu regnen. Alle begannen ihre Waren zusammenzupacken und hineinzuschaffen. »Aber was kostet das! Und was kostet das!« Ihre schrecklichen Augen waren braun und grimmig, und sie schob ihnen ihr Gesicht entgegen, während sie die Sachen hastig in Kisten packten.

»Sie können mit reinkommen«, sagte Sylvia schroff. »Wir müssen diese Sachen reinbringen, bevor sie vom Regen durchnässt werden.«

Aber die Frau wollte nicht gehen. »Ich möchte diesen Schmuck kaufen!«, rief sie.

Das Fräulein bekam allmählich Angst.

Sylvia wiederholte: »Sie müssen warten, bis wir drinnen sind. Bitte gehen Sie aus dem Weg.«

»Das ist unverzeihlich! Ich bin eine ganz legitime Käuferin!«

»Bitte, nun streitet doch nicht!«, rief das Fräulein mit leuchtenden Augen und flatterndem Brustkorb. »Nicht streiten. Nicht streiten. Für zwanzig Dollar können Sie ihn haben, den Satz.« Sie suchte Sylvias zustimmenden Blick, aber die rollte nur mit den Augen. Sie versuchte alles in die Kisten zu bekommen.

»Gut«, sagte die Frau. »Danke schön. Das ist das Entgegenkommen, das ich mir wünsche.« Und sie griff in ihre Tasche, um ihr Geld herauszuholen, doch ehe sie die Scheine hervorziehen konnte, kam ein winziger Blitz aus dem Himmel, schoss der Käuferin direkt durch den Kopf und warf sie zu Boden.

»Großer Gott!«, schrie das Fräulein, und es fiel auf die Knie, kreischte und schluchzte hysterisch und tätschelte den verkohlten Leichnam. »Gerade stand sie noch hier! Gerade eben noch!« Es heulte weiter, während der Regen immer heftiger und heftiger wurde und alles und jeden durchnässte.

Sylvia packte weiter die Sachen ein; doch sie war nervös und verstört. Leise sagte sie zu sich: »Ich verstehe das nicht. Ich habe ihr doch gesagt, sie soll gehen. Ich habe ihr doch gesagt, sie soll hier nicht rumstehen.«

Bis zur Hochzeit waren es noch drei Wochen. Als sie sich um einen Springbrunnen versammelten und den Ablauf besprachen, war es Sylvia, die die ganzen Ideen hatte und am aufgeregtesten war. Das Fräulein und Sam saßen zumeist nur da und hielten sich im Arm. »Was für ein unglaublicher Tag«, sagte das Fräulein andauernd. »Was für ein herrlicher Tag mit tonnenweise Sonnenschein!«

Als die Hochzeit kam, hielt Sylvia eine kleine Rede, die quietschig und zittrig war, und das Fräulein betrank sich mit trockenem Weißwein und schlief irgendwann neben dem Kuchen ein.

Als sie am nächsten Morgen das Zimmer der beiden aufräumte, richtete sich Sylvia plötzlich auf und sagte zu ihnen: »Ich gehe jetzt. Ich ziehe für drei ganze Jahre nach Hamilton. Ich weiß nicht, wann ich euch wieder sehen werde.«

»Hamilton!«, rief das Fräulein, dem Sylvia inzwischen ans Herz gewachsen war. »Aber wieso?«

»Bessere Märkte«, erklärte Sylvia. Dann ließ sie die Hände in ihre Taschen fallen. »Alles ist sauber. Der Kuchen ist im Kühlschrank. Ich muss jetzt los. Ich will den besten Platz kriegen.«

Und sie küsste die beiden und verschwand.

Das Fräulein und Sam lagen im Bett und leckten einander den Körper. Dann drehte er das Fräulein um und nahm es von hinten.

Am nächsten Tag, als sie gerade dabei waren, nach Israel in ihre Flitterwochen aufzubrechen, sagte Sam: »Es gibt da noch eine Sache, die ich vergessen habe dir zu sagen, Schatz.«

»Was denn?«, rief das Fräulein, nicht ängstlich, aber beunruhigt. »Was denn bloß?«

Er lächelte. »Das ist es ja gerade, Schatz. Ich hab's vergessen.«

Das Fräulein schüttelte den Kopf und machte große Augen. Was für ein seltsamer und schrecklicher Mann, dachte es. Dann kontrollierte das Fräulein ihr Gepäck. Die Tickets waren noch da.

Sie war nur eine Frau, die in einem Schuh wohnte, und sie verstand nichts von der Welt. Wusste nicht, wie man sich bei diesen oder jenen gesellschaftlichen Ereignissen benimmt. Wurde auch nicht mehr besonders oft zu welchen eingeladen, nicht mal zu Museumseröffnungen.

Eines Tages kam ein Mann an ihren Schuh und klopfte an die Haustür. Sie öffnete, und vor ihr stand ein älterer Mann, der gar nicht übel aussah. Er hatte einen riesigen Strauß Rosen in der Hand und lächelte sie an, und sie lächelte aus dem Innern zurück.

»Aber …«, sagte sie.

»Ich liebe Sie, Dora«, sagte der Mann, und er hielt ihr die Blumen hin, und der Strauß war so prächtig und so gewaltig, dass ihr Gesicht vollständig dahinter verschwand.

Sie war eine bescheidene Frau und wusste nicht, was sie sagen sollte.

»Sagen Sie, dass Sie meine Frau werden.«

»Das geht nicht«, sagte die Frau. Sie sagte es nicht zum ersten Mal. »In meinem Schuh ist nur Platz für mich, und wenn ich ihn verlasse, wird er verschwinden und vor Trauer und Nutzlosigkeit in sich zusammenfallen.«

Der Mann drehte sich um und ging davon.

»Warten Sie!«, rief sie ihm winkend nach, doch er ging immer weiter in so großer Trauer, weil er Dora wirklich liebte, und es würde nicht genügen, wenn sie ihn nur irgendwie ganz nett fand. Nicht um den

Schuh, sondern um ihn hätte sie sich Sorgen machen müssen, nämlich dass er aus Trauer und Nutzlosigkeit in sich zusammenfiel.

Nun bekam die Frau immer mal wieder die Gelegenheit, sich zu amüsieren, auf öffentliche Veranstaltungen zu gehen und sich der Welt als die Frau zu präsentieren, die sie war. Aber jedes Mal, wenn sie irgendwo eingeladen wurde, warf sie einen Blick auf die Karte und schüttelte den Kopf. »Ich hätte ja gar nichts anzuziehen«, sagte sie zu sich und stützte ihre Hand gegen die ledernen Wände. »Und wen würde ich dort kennen lernen? Und wenn ja, was dann?«

Dann ging die Frau, die in einem Schuh wohnte, hinaus und setzte sich auf die Spitze und sah, wie die Welt in all ihrer Geschäftigkeit an ihr vorüberzog: wie die Städte Geld verdienten und wie die Sonne so sehr schnell am Himmel aufging und versank, auf und ab und auf und ab wie ein Jojo.

»Große Güte«, sagte sie dann jedes Mal zu sich. »Ich frage mich, wie man an einem Tag die Zeit finden soll, überhaupt irgendetwas zu Stande zu bringen.« Und dann ging sie wieder hinein in ihren Schuh, wo immer dieselben Lichtverhältnisse herrschten und es nach Leder roch, und sie strickte oder stickte oder rang sich die Hände, oder auch nicht, oder spielte mit sich ein Kartenspiel, oder auch nicht.

Eines Tages hängte die Frau ein Schild an die Haustür ihres Schuhs. Als der Briefträger vorbeikam, schüttelte er den Kopf und ging davon und sagte dabei zu sich: »Die Zeiten ändern sich. Ohne den Schuh wird das hier eine Straße sein wie jede andere, eine Stadt wie jede andere, ein Tag wie jeder andere. Sie werden hier einen riesengroßen Turm hinbauen, und er wird die Grabstätte des Schuhs sein. Und nie wieder werde ich eine Frau sehen, die in einem Schuh wohnt, und jeder Schuh, den ich sehe, wird nur noch irgendein Schuh sein, nichts als ein Schuh.«

Dann kam der Bäcker mit einem Laib Brot, den er jede Woche seit zwanzig Jahren backte, genau in der richtigen Größe für die Frau, die in einem Schuh wohnte. »Kein Schuh!«, rief er und drückte den Laib Brot fest an sich. Während sich seine Augen mit Tränen füllten, fing er an, kleine Häppchen davon abzureißen.

Und als der Milchmann vorbeikam, um eine Flasche Milch vor die Tür zu stellen, etwas, das er nur für die Frau, die in einem Schuh wohnte, tat, machte er ein paar fassungslose Schritte zurück und schüttelte wie alle anderen den Kopf. Sein Herz war erfüllt von einer unsagbaren Trauer, und er betrachtete den Schuh und den Horizont und wieder den Schuh und wieder den Horizont.

So weit, so gut. Als die Frau wieder herauskam, gab es für sie weder Brot noch Post noch Milch, und es gab für sie auch keine Männer. Also hängte sie das Schild wieder ab, nahm ihren Koffer und sah in die Ferne in Richtung Stadt, mit der sinkenden Uhr über dem Hügel. Sie ließ die Tür auf, als sie sich von dem Schuh entfernte, und sie lief und lief und lief und lief und lief und lief und lief und lief. Man brachte wenig zu Stande an einem einzigen Tag in der Welt da draußen, außerhalb des Schuhs.

Der Mittelsmann war sich in letzter Zeit sehr sicher, nachdem er gerade ein dickes Gehalt kassiert und eine blonde Frau gefunden hatte, die er mochte und mit der er sich unterhalten konnte. Neulich abends im Bett hatte die blonde Frau zu ihm gesagt: »So, damit ist jetzt aber Schluss«, und hatte seinen Kopf weggeschoben. Aber das störte den Mittelsmann nicht sonderlich, während er die Straße hinunterschritt, die Sonne im Gesicht und mit funkelnden Schuhen.

»Heute ist ein guter Tag für mich«, sagte er zu sich selbst. »Jawoll, ein guter Tag.« Und nicht mal die grobe Hand der blonden Frau konnte ihm dieses Gefühl nehmen.

Er kam an einem Vogel vorbei. Er kam an einem sehr interessanten heruntergekommenen Haus vorbei und an einem Haus, das schön war, und er dachte: ›Da würde ich gern wohnen.‹ Dann setzte er mit noch entschlossenerer Miene seinen Weg fort, als er plötzlich von der vergangenen Nacht einen Stich im Herzen verspürte.

»Sie hat mein Gesicht weggeschoben«, ging ihm auf, und er blieb abrupt stehen, während Schrecken und Schmach in ihm aufwallten.

»Das ist nicht gut, das ist nicht gut.« Bis zu dieser Sekunde war es ihm gar nicht klar gewesen. Er raste in die entgegengesetzte Richtung zurück, sprang in einen Bus, der in ihren Stadtteil fuhr, ein schäbiges Viertel mit Mülleimern und Ruß. Er kletterte die Feuerleiter hinauf bis zu ihrem Zimmer, wo bunte

Strümpfe kreuz und quer vor dem Fenster gespannt waren.

»Elda!«, rief er von dem winzigen Gerüst aus, auf dem er stand, durchs Fenster. »Elda! Elda!« Er musste unbedingt mit ihr reden, und zwar schnell.

Elda schlenderte herüber. »Henry, na so was«, sagte sie.

Der Mittelsmann machte einen Schritt zurück. »Darf ich reinkommen? Ich muss mit dir reden.«

»Aber immer«, sagte Elda und machte einen Schritt zur Seite. Der Mittelsmann warf ihr einen raschen Blick zu, bevor er das Zimmer betrat. Sie sah aus, als wäre sie high.

»Hast du geraucht, Elda?«, fragte er, während er seine drahtigen Beine hinter sich ins Zimmer zog. »Du hast wieder Hasch geraucht, stimmt's?«, fragte er und schnupperte in die Luft.

»Und wenn's so wäre?« Trotzig reckte sie ihre Nase in die Luft.

»Schon gut, schon gut, Elda«, sagte er, zog sie neben sich aufs Sofa und hielt ihre Hände in seinen. »Ich bereue alles!« Und er erklärte alles auf einmal. »Ich habe versucht, dir ein guter Mann zu sein, aber bei dem Versuch war ich überhaupt kein Mann, und ich war überhaupt nichts und überhaupt nicht ich selbst, und das bereue ich – das bereue ich alles zutiefst. Können wir noch mal von vorne anfangen? Kannst du jemals den Mann vergessen, der ich bis zu diesem Augenblick war – meine Täuschung?«

»Täuschung?«, fragte sie träge.

»Ich verstehe voll und ganz, warum du getan hast, was du getan hast. Du musstest es tun. Ich war rücksichtslos. Du warst gut und ehrlich zu mir und ich habe ein Spiel gespielt. Sieh mich doch an! Ich bin ein Idiot! Aber ich bin in vollendeter Demut hierher gekommen, und mir ist klar, dass ich Gefahr laufe, von dir jetzt vielleicht nicht mehr geliebt zu werden, aber ich liebe dich zu sehr, um es nicht zu sagen, Elda. Ich musste es sagen.«

»Was willst du sagen?«

Er sah ihr tief in die Augen, verblüfft, verwirrt. »Aber Elda. Hast du denn gar nicht gemerkt, wie ich mich dir gegenüber benommen habe? Wie irgend so ein Landjunker! Aber *das* hier bin wirklich ich! *Das* hier bin wirklich ich! Nicht der Mann von früher! Ich, hier, so wie ich mich dir jetzt präsentiere!«

»Okay«, sagte sie und zuckte mit den Achseln. Dann, als sie sah, dass seine Verzweiflung echt war, beugte sie sich dicht an ihn heran und sah ihm in die Augen, die Hände auf seine Knie gestützt. »Wirklich. Ist schon okay.«

Er sah sie verdutzt an.

»Okay«, sagte er und stand auf.

»Wirklich, ist schon okay«, sagte sie träge, stand auf, um ihm die Tür aufzumachen.

»Na, da bin ich aber froh«, sagte er im Hinausgehen. »Ich habe noch jede Menge Briefe zu schreiben«, sagte er und ging hinaus.

»In dieser Welt gibt es von allem genau eins. Eine Tulpe, die sich umsieht und feststellt, dass ihr irgendwas fehlt, kann nicht einfach losgehen und sich in eine Rose verwandeln. Hab keine Angst, eine Rose zu sein, Lila. Falls du wirklich eine bist.«

Das war es zum Teil, was er der armen Lila schon den ganzen Morgen erzählte und einzuprägen versuchte: dass es in der Natur keine Nachahmer gibt.

Lila war eine katastrophale Schülerin. Sie sah den Lehrer mit einem Ausdruck skeptischer Verwirrung an. Obwohl sie nichts wusste und nichts lernte, war sie willens und reichte ihre Aufsätze pünktlich ein. Ihr Lehrer war einer von siebzehn, die sie jemals gehabt hatte. Er hieß Mr Phelps. Er lebte allein, und seine Frau kam ihn drei Mal die Woche mit allen denkbaren Torten besuchen. Sein aktuelles Projekt lautete: Wie Krieg Ichs Bloß In Ihren Kopf.

»Indem du eine Rose betrachtest, wirst du kein bisschen röter«, sagte er, um ihr ein Beispiel zu geben. »Das Zwitschern der Vögel zu lieben macht deine Stimme nicht schöner. Du bist eingeschlossen. Alle Menschen sind eingeschlossen. Jeder Mensch ist eine Spezies für sich. Dich mit jemandem zu vergleichen – selbst wenn er so alt ist wie du und lockigere blondere Haare hat – wäre, wie Schweine gegen Kröten ins Rennen schicken. Du würdest doch kein Schwein mit einer Kröte ins Rennen schicken, oder?«

Sie signalisierte, dass sie ihm in diesem Punkt zustimmte, aber er war nicht überzeugt.

Geduldig fragte er sie: »In welcher Situation würdest du denn ein Schwein mit einer Kröte ins Rennen schicken?«

Lernen war ihr verhasst.

Ihre Mutter war eine schreckliche Frau, die nichts dagegen hatte, dass Lila beim Essen die Füße auf den Tisch legte. Sie ließ das Mädchen beim Sport gewinnen, weil es ihr einfach egal war. So verbesserte Lila nie ihre Leistungen, und einer der Verehrer ihrer Mutter dachte schon, nachdem er Lila kennen gelernt hatte, sie sei geistig zurückgeblieben auf die Welt gekommen. Aber sie war nicht geistig zurückgeblieben; man hatte sich bloß nicht richtig um sie gekümmert. Natürlich duldete sie es auch gar nicht, dass man sich richtig um sie kümmerte. Wie bei allem bestimmte sie die Regeln ihres Daseins. Ihre Mutter konnte Lila nicht daran hindern, so zu sein, wie sie war. Aber das hielt diejenigen, die die Situation kannten, dennoch nicht davon ab, ihr vorzuhalten, dass sie, grundsätzlich, eine solche Existenz auch noch unterstützte.

Lila bestellte einen Strauß Rosen und saß mit ihnen an ihrem Schminktisch und betrachtete sie, dem Vorschlag ihres Lehrers folgend, wie eine fremde Spezies. Sie würde sie nicht mit einem Eimer Wasser vergleichen. Sie würde sie nicht mit einer Schnecke vergleichen. Sie mochte Schnecken; die hatten Häuser, in die sie sich zurückziehen konnten. Rosen hatten keine Häuser. Aber Rosen waren romantisch.

Auf ihrem bonbonfarbenen Tastentelefon rief sie einen Jungen an, mit dem sie sich einmal vor ein paar Jahren getroffen hatte. Sie hatte sich jeden Monat bei ihm gemeldet, manchmal sogar jede Woche, seitdem sie das eine Mal zusammen getanzt hatten. Längst war er dabei, Rechtsanwalt zu werden, wenn er nicht sogar schon Rechtsanwalt war. Seine Freundin war sehr schnittig und gar nicht klumpig; eine Freundin, auf die man stolz sein konnte. Sie hatte aalglatte braune Haare, überhaupt nicht solche Haare wie bei importierten Puppen.

Er war verärgert, als er feststellte, dass es Lila war.

»Du hast mir Rosen geschickt«, sagte sie.

»Merkst du denn gar nicht, dass ich dich nicht ausstehen kann!«, rief er mit einer Stimme, die er ausschließlich für sie reserviert hatte. Sie verdiente es nicht besser. Sie blickte den Hörer an, und ein beherrschter Teil von ihr schluchzte unkontrolliert über seinen Tonfall, aber ansonsten war sie baff vor stummer Verwirrung. Sie wusste nicht, was sie davon halten sollte. Wer war der Typ noch mal? Sie hielt sich den Hörer ans Ohr und hörte es klicken, dann war Stille. Beim Auflegen baumelte ihre Zunge ein bisschen hinter ihrer Lippe. Sie würde eine Kuh nicht mit einem Strauß Rosen ins Rennen schicken. Wozu auch? Die Kuh würde ja doch gewinnen.

Ein trauriger kleiner Kloß, der nie seinen Namen erfahren hatte, begann seinen Tag, indem er sich leise zur Erde fallen ließ und einfach dalag.

Da er sich Beulen geholt hatte, fing er an zu weinen und hielt sich an sich selbst fest, so gut er konnte, und schaukelte ein bisschen hin und her.

»Mir tut alles so weh«, stöhnte er und sah hinauf zu dem Topf, in dem seine Brüder und Schwestern schwammen, und er fühlte sich traurig und einsam.

»Ich werde sie niemals wieder sehen«, murmelte er und rollte unter die Mitte des Tisches und lag da, den Daumen im Mund, und weinte sich lange und leise in den Schlaf.

Es war erst sechs Uhr morgens und die ganze Welt wurde bereits pastellfarben, da die Sonne hinter den Wolken aufstieg und alles in Rosa oder Blau oder in ein ganz helles Gelb tauchte.

Als die Zeitung geliefert wurde und mit einem dumpfen Schlag auf der Treppe vorm Haus landete, ging oben die Klospülung und der Vater kam herunter und machte die Tür auf und ließ einen Schwall kühle Luft hinein. Er nahm die zusammengefaltete Zeitung, riss das Gummi ab und setzte sich zum Lesen aufs Sofa.

Die Zeitung war randvoll mit schrecklichen Geschichten, Geschichten über Leute, die sich umbrachten und sich gegenseitig wehtaten, und über Leute, die die falsche Art Musik machten und die falschen Dinge sagten. Sogar etwas über den Tod. Sogar ein paar Witze und Vorhersagen. Aber es gab keine Meldung über den Kloß. Der Mann hatte keine Ahnung, dass der kleinste Kloß aus seinem persönlichen Topf auf seinen Küchenboden gefallen war und in diesem Moment mit Tränen in den Augen dalag.

Als der Sohn herunterkam, ging er in die Küche, um sich seinen Orangensaft und seine Milch und seine Cornflakes zu holen. Er rief seinem Vater zu, ob er auch etwas davon wolle, aber der Vater sagte nein, nur eine Banane, und mit keinem Wort wurde der Kloß erwähnt. Wahrscheinlich hatten sie vor, die Klöße nicht vor dem Abend zu essen.

Der Vater saß am Tisch und der Sohn saß ihm gegenüber, und der erste Sonnenstrahl fiel direkt durchs Fenster in die Augen des Kloßes und weckte ihn plötzlich. Er versuchte stillzuhalten, nicht bedrohlich zu wirken und sie nicht genauso zu erschrecken.

Der Vater sagte ein paar dröhnende Worte zum Sohn und der Sohn sagte auch ein paar dröhnende Worte, und die Geräusche und Worte hallten im kleinsten Kloß wider, und der Kloß fühlte sich kleiner, dann noch kleiner, dann auf einmal groß genug.

Doch inzwischen waren Vater und Sohn vom Tisch aufgestanden, und der Kloß sah angewidert an sich herunter.

»Wovor hatte ich eigentlich so viel Angst! Verdammt! Wieso hatte ich so eine verdammte Angst!«

Er rollte sich auseinander und streckte sich fluchend, bis er seine volle Größe erreicht hatte. »Ich hätte ihm auf den Schuh kriechen sollen, das Bein hoch und hätte mich auf sein Knie stellen und ihm die Meinung sagen sollen!«

Kurz danach knallte die Haustür zu und es war still. Jetzt war der Kloß ganz allein. Er lag da und war erschöpft. Das Ganze war ja an sich schon anstrengend genug gewesen, und dann musste er ja auch irgendwie wieder zurück in den Topf. Das zu schaffen würde allerdings so gut wie unmöglich sein, denn in den paar Stunden, seit er aus dem Topf gefallen war, war ihm sein Stock abhanden gekommen, und er würde nicht imstande sein, auch nur den halben Herd zu bezwingen. Der kleinste Kloß war im Begriff, auszutrocknen.

Als ihm das klar wurde – *austrocknen!* –, erstarrte er, schauderte und zuckte noch ein bisschen. Der Tod durch Austrocknen war der allerschlimmste, lang und qualvoll! Es würde kein Entrinnen geben; Vater und Sohn würden erst nach einigen Stunden wieder nach Hause kommen. Er würde sterben, dann eine Woche später vielleicht weggekehrt werden.

Ungerecht. Genau das war es ja, was man immer so hörte über das Leben. Man konnte nicht einfach machen, was man wollte. Es gab Arten, Dinge zu tun, und Arten, zu sterben. Der Kloß war nur ein Kloß und die Familie war nur eine Familie.

Sie lagen in der frischen Luft eines Junimorgens unter dem Baum, und jeder atmete des anderen Geflüster ein. So romantisch war es unter dem Baum, unter jedem Baum! Und niemand forderte sie auf, zu gehen, oder es sein zu lassen.

Schon jetzt hatten sie den Sinn des Lebens erkannt und den Sinn ihrer Liebe; dabei hatten sie sich erst vor drei Tagen kennen gelernt, als er sich gerade unter dem Baum sonnte und sie aus den Ästen fiel.

»Hallo!«, hatte sie gesagt, und er hatte gesagt: »Hallo!«, und genau da wussten sie, dass sie sich immer verstehen würden, obwohl sie eine Äffin war.

Er nannte sie »mein kleines Äffchen«, als er sie vom Hügel mit nach Hause nahm, und sie lagen in seinem Bett und erfanden Geheimnisse, um einander etwas Süßes und Reines gestehen zu können.

Sie erzählte ihm Lügengeschichten, die ihn glücklich und sie noch glücklicher machten, und er erzählte ihr Märchen, die sie seufzen ließen vor Bewunderung für ihn, da er sich extra für sie so wunderschöne Geschichten ausgedacht hatte.

Er war nicht sehr klug, konnte aber durch die Nähe zu anderen Menschen ihr Herz spüren, und er sagte: »Liebes Äffchen, es widerstrebt mir so sehr, in der Stadt zu leben. Ich kann die Bäume weinen hören.« Und als das Äffchen das hörte, fing sie an zu weinen, seinetwegen und wegen der Bäume, aber größtenteils seinetwegen, dass ihm etwas so wehtun musste.

Drei Tage später war sie sehr traurig, als sie ihm sagte, dass ihre Mutter nach ihr verlange und sie zurückmüsse, wenn auch nur, um Bericht zu erstatten, dass es ihr gut gehe und dass sie sich in einen wunderhübschen Jungen verliebt habe und den Rest ihrer Tage mit ihm verbringen werde. Doch der Junge weinte und klammerte sich an die Hand des Äffchens und sagte: »Geh nicht! Geh nicht! Du kommst bestimmt nie wieder zurück! Ich liebe dich und ich brauche dich!« Und seine Augen warfen Tränen auf den Fußboden und gegen die Wände, und er schluchzte in seine Tagesdecke, während ihm das Äffchen den Rücken tätschelte und besänftigend in sein Ohr sprach: »Ich liebe dich, ich liebe dich. Nur ein Tag und eine Nacht, dann bin ich wieder da, nachdem ich's meiner Mutter erzählt habe, und dann leben wir glücklich bis ans Ende unserer Tage.« Und die Äffin grinste und ein Funkeln trat in ihr Auge, doch der Junge war noch immer traurig, und fieberhaft küsste er das Äffchen und klammerte sich an ihr Fell und ließ sie endlich gehen und sah ihr vom Fenster aus zu, während sie den Hügel hinaufkletterte und dahinter verschwand.

Nachdem das Äffchen weg war, lag der Junge nur so da in seinem Bett, und obwohl seine Freunde vorbeikamen, ging er nicht an die Tür. Es reichte ihm vollauf, allein zu sein und an das Äffchen zu denken.

Aber seine Freunde hatten kein Verständnis; sie ließen nicht locker und klopften immer weiter an die

Tür und riefen: »Lass uns rein! Lass uns rein!« Und obwohl der Junge keine Lust hatte, gab er schließlich nach, weil sie einfach nicht damit aufhören wollten, und außerdem wollte er andere an seinem Glück teilhaben lassen.

Mit diesen Jungs war er schon sehr lange befreundet, und sie merkten sofort, dass er sich wirklich verliebt hatte, und sie saßen auf hölzernen Stühlen und machten glückliche schweigsame Gesichter, als er ihnen von dem Äffchen erzählte, die schon bald seine Frau werden würde, und obwohl es nur Jungs waren, ließen sie keine derben Sprüche ab.

Als der Junge alles gesagt hatte, was dazu zu sagen war, und es nichts mehr zu gestehen gab, sagte einer seiner Freunde: »Lass uns einen trinken gehen.«

»Auf keinen Fall«, entgegnete der Junge. »Ich muss hierbleiben und auf mein Äffchen warten. Wer weiß, wann sie zurückkommt. Geht ihr ruhig. Mir reicht es voll und ganz, auf meinem Bett zu liegen und an sie zu denken.«

»Nein, nein«, sagte sein Freund, und die anderen stimmten ein. »Komm schon, komm schon, komm mit uns raus.« Sie vermissten den Jungen und hatten Angst, dass sie ihn vielleicht nie wieder sehen würden.

Aber er sagte nein und weigerte sich.

Aber die Freunde bohrten und bettelten weiter: »Komm schon, komm schon, du hast nicht nein gesagt«, und so erklärte der Junge sich endlich, gegen seinen Willen, einverstanden, warf sich sein Hemd über und zog die Schuhe an und ging, nachdem er die Tür abgeschlossen hatte.

Die Jungs nahmen ihn mit in eine kleine Bar mit einem spitzen roten Dach, und sie saßen draußen in der kühlen Frühlingsluft. Die Nacht war finster und den Hügel konnten sie nicht sehen, wohl aber die Sterne. Und der Junge sagte wunderschöne Sachen, und sie alle sagten traurige Sachen, kluge Sachen und lustige Sachen, und sie lachten und lachten und wurden ziemlich betrunken, und um drei Uhr morgens taumelten die Jungs nach Hause, die Pflastersteine hinunter in die Stadt, nur der Junge machte sich auf den Rückweg zu seiner kleinen Hütte und öffnete die Tür und ging hinein und fiel ins Bett.

Als er morgens aufwachte, war ihm schlecht und er fühlte sich betrunken, aber als ihm wieder einfiel, dass sein Äffchen nach Hause kommen würde, stand er auf und wusch sich und zog ein Hemd an und setzte sich an den Tisch und aß eine Banane und wartete.

Dann ging er auf seine Veranda und wartete dort, damit er sein Äffchen ankommen sah. Aber bald verdunkelte sich der Tag und der Junge fing an, sich Sorgen zu machen. ›Unmöglich‹, dachte er. ›Sie liebt mich genauso sehr, wie ich sie liebe. Ihre Blicke – die können nicht gespielt gewesen sein. Nein, nein.‹ Solcherart waren die Gedanken, die er sich beim Warten machte, jetzt auf seinem Bett, jetzt in der Dunkelheit, jetzt darin und unter der Decke. »Bestimmt ist ihre Mutter ein Drache und will sie dabehalten. Vielleicht muss sie sich nachts aus dem Haus schleichen. Vielleicht muss sie auf den Einbruch der Dunkelheit warten. Morgen früh ist sie bestimmt wieder da – ich weiß es.« Und er schloss die Augen und schlief ein.

Am nächsten Morgen wachte der Junge auf und wusste, dass ihn irgendetwas quälte. »Was war's noch mal?«, fragte er und rief dann panisch: »Mein Äffchen!« Er sprang vom Bett und stieß die Tür auf, aber da war niemand. »Wo ist sie?«, heulte er und ließ sich zu Boden fallen und lag da in unbändiger Trauer und weinte: »Mein wunderschönes Äffchen, mein wunderschönes Äffchen, das einzige Mädchen, das ich jemals geliebt habe«, und er sang besänftigende Lieder vor sich hin und erfand beim Singen die Melodien dazu.

Gegen ein Uhr nachmittags kam das Äffchen an.

»Hallo!«, rief sie, und der Junge zog sich vom Fußboden hoch und sah, dass sein wunderschönes kleines Äffchen vor ihm stand, einen knallroten Koffer in der Hand.

»Du bist wieder da!«, rief er und nahm sie in die Arme und warf sie in die Luft und wirbelte sie herum, während das Äffchen lachte und lachte.

»Ja, ich bin wieder da. Tut mir Leid, dass ich mich verspätet habe«, sagte sie und stellte ihren Koffer ab und setzte sich aufs Bett.

Der Junge ging hinterher und nahm ihre Hand in

seine. »Ich hatte ja so furchtbare Angst. Ich dachte schon, du würdest nie wieder auftauchen. Ich habe dich so vermisst und ich liebe dich so sehr. Bitte, bitte, lass mich nie wieder allein. Ohne dich würde ich sterben. Ich würde wirklich, ehrlich sterben.«

Und so ging es immer weiter, während sie dasaß, die Hand in seiner, und ihm ins Gesicht lächelte und wartete, bis er fertig war.

In ihrer Stadt gab es einen Riesen. Er hieß Sal. Jedes Mal, wenn er vorbeikam, lachten die Leute und sagten so etwas wie: »He, du Riese«, und grinsten und stießen ihren Abendbekanntschaften den Ellbogen in die Rippen und so weiter, was der Riese nur deswegen duldete, weil er ein Riese war. Es war nun mal sein Schicksal, viel, viel größer zu sein als alle anderen und dafür gnadenlos gehänselt zu werden.

Seine Eltern, jüdisch, durchschnittlich groß, ließen ihn weiter zu Hause wohnen. So würde er unmöglich eine Frau finden, keine Frau würde für ihn ihr Leben aufs Spiel setzen, und so verwöhnten sie ihn und behandelten ihn wie einen kleinen Jungen.

Eines Tages sagte der Riese zu seiner Mutter: »Ich habe mir überlegt, ob ich mich nicht vielleicht umbringen soll.«

Das war ein schwarzer Tag in ihrem Hause. Die Mutter erzählte es dem Vater, und die beiden saßen mit ihrem Sohn zusammen im Wohnzimmer und hielten ihm einen endlosen Vortrag.

Der Vater sagte: »Vielleicht musst du einfach mal was von der Welt sehen. Hier in dieser Kleinstadt kann's einem schon mal ein bisschen eng werden. Warum nimmst du nicht deine Tasche und deinen Hut und gehst los. Deine Mutter und ich haben Geld. Mach dir um uns keine Sorgen.«

Und der Riese sah seine Mutter an und sah, wie sie ihm zunickte, und der Riese weinte und weinte, weil seine Eltern so gut zu ihm waren.

Drei Tage später war er bereit, und am Tag darauf brach er auf, während ihm seine Mutter und sein Vater am Bahnhof zum Abschied winkten.

Da er ein Riese war, hatte er es mit der Unterbringung nicht immer leicht. Im Zug musste er beim Futter sitzen und auf dem Schiff musste er an Deck bleiben, doch als er in Paris ankam, war er frei und lief mit all den anderen Leuten, Touristen wie Einheimischen, in der funkelnden Sonne umher. Er konnte gar nicht mehr aufhören zu lächeln. Er hätte sich nie träumen lassen, dass es jenseits seines kleinen Städtchens so eine Welt gab, vor allem eine, in der die Leute anders sprachen und ihn ohne Bosheit ansahen. An seinem ersten Abend traf er auf eine Gruppe junger Rowdys, und sie gingen alle zusammen in eine Bar, wo sie sich ziemlich betranken. Es war das erste Mal in seinem Leben, dass der Riese betrunken war, und er war gar nicht unzufrieden mit dem Gefühl. Er sagte ihnen, dass er sie liebe, dass sie die ersten Freunde seien, die er je gehabt habe, und derjenige, der Englisch sprach, übersetzte für die anderen, und sie jubelten laut und stießen ihre Krüge zusammen, und der Riese fühlte sich pudelwohl.

Am nächsten Tag spazierte der Riese durch die Straßen und war sehr verblüfft, als sich eine spröde junge Frau im hellblauen Kleid über einen Balkon beugte und ihn beim Vorbeigehen beobachtete. Sie rief ihm zu: »Bitte, komm her!«

Der Riese, der ein bisschen Französisch konnte, überquerte die Straße und legte seinen Kopf an die Brüstung und sah ihr mit munterem Blick in die Augen. Sie berührte seine Nase und lachte laut auf, streichelte dann seine Augen und seine Haare, bedeckte sein Gesicht mit Küssen und rannte quietschend in ihre Wohnung.

Nun, der Riese war noch nie von einer Frau geküsst worden, und ob er sie wieder sehen würde oder nicht war jetzt unerheblich. Er schlenderte einfach in einen Park und legte sich auf den Rasen und rief immer und immer wieder das Gefühl in sich wach.

Plötzlich stellte er fest, dass es zwei Uhr war.

»Ach du liebe Zeit!«, rief er. »Wenn ich jetzt das Schiff verpasse, bin ich geliefert!«

Er rannte hinunter zum Pier und erwischte es soeben noch in dem Moment, als es den Hafen verlassen wollte, dann machte er es sich auf Deck gemütlich und sah Paris immer kleiner werden.

Am nächsten Tag war er wieder zu Hause.

Seine Mutter und sein Vater setzten ihn ins Wohnzimmer.

»Na, wie war deine Reise?«, fragte sein Vater.

Der Riese lächelte. ›Ich habe mir vorgenommen, nie wieder nach Hause zu kommen, und das werde ich auch nicht‹, dachte er.

Sie lebte in der Mulde zwischen ihrem Mund und ihren Ohren. Sie lebte in den beiden tiefen Mulden ihrer Nase, und wenn und falls sie jemand berührte, lebte sie auch in ihrer Haut.

Jeden Tag bahnte sie sich ihren Weg zur Uni und zurück. Sie hatte keinen Hund. Sie wolle nicht von einem Tier geführt werden, sagte sie, und die Leute lachten. Das war es vor allem, was sie in ihrer Gesellschaft taten. Lachen. Denn lächeln allein genügt nicht, und zu einem blinden Mädchen muss man ja nett sein.

Ihr wurde schwindlig, wenn sie an Sex dachte, den sie noch nie gehabt hatte, und ihr wurde schwindlig, wenn sie an Jungs dachte, also dachte sie nicht so oft an sie.

Einmal veranstaltete sie auf der gewundenen Straße, die um ihren Campus führte, eine Ein-Frau-Demo; sie trug eine Fahne mit dem Wort »Sehen« und marschierte drauflos und hatte wochenlang keine Ahnung, wie die Leute darauf reagiert hatten, falls überhaupt jemand reagiert hatte. Erst als Julie anrief und ihr irgendeine kleine Meldung aus der Unizeitung vorlas, in der es hieß: »Blindes Mädchen bläst eigenhändig zur Revolution«, da verzog sie das Gesicht und sagte: »O Gott«, und sagte: »Was sind die hier alle so verflucht humorlos.« Und Julie lachte am Telefon.

Das blinde Mädchen ging auf Partys, aber immer zusammen mit einer Freundin, und jedes Mal kam die Freundin zurück zu ihr, und das blinde Mädchen sagte dann: »Jetzt geh schon, amüsier dich.« Manchmal erwischte ihre Freundin sie dabei, wie sie sich mit einem Typen unterhielt, und manchmal erwischte ihre Freundin sie dabei, wie sie alleine dastand.

Das blinde Mädchen hatte noch nie in ihrem Leben an Selbstmord gedacht und staunte, als ein Junge darauf zu sprechen kam. »Hast du denn noch nie daran gedacht, dich umzubringen?«, fragte er, und diese Frage stellte sie in den darauf folgenden Wochen ihren Freunden. »Habt *ihr* denn schon mal daran gedacht, euch umzubringen?« Und sie sagten alle ja.

Sie war verblüfft.

Sie begann selber darüber nachzudenken.

Sie sagte zu sich: »Selbstmord«, und wälzte das Wort hin und her, und dachte: ›Aber wie würde ich's anstellen?‹ Und nachdem sie drei Wochen darüber nachgedacht hatte, wusste sie wie. Sie würde sich von einer Brücke fallen lassen. Sie würde sich einfach so umbringen.

Nach diesem Monat der Selbstmordgedanken verbrachte sie drei der besten Tage ihres Lebens. Sie lernte einen Jungen kennen, verliebte sich, lag draußen in der Sonne und hielt seine Hand, und sie küssten sich und sie fickten hinter einer Videothek, und nach diesen drei Tagen hatte sie das schlimmste Jahr überhaupt, das schlimmste Jahr in ihrem ganzen Leben. Ein Jahr, auf das sie noch mit achtzig zurückblicken und über das sie sagen würde: »Ja, das war verdammt noch mal das schlimmste Jahr in meinem ganzen Leben.«

Jeden Tag war sie krank und grün im Gesicht und jeden Tag wachte sie auf und hatte einen ekligen Geruch in der Nase, der von morgens bis abends ins Zimmer flutete und wieder verebbte, und ihre Drüsen schwollen an, und sie weinte und weinte, und ihre Freunde kamen immer öfter vorbei und dann gar nicht mehr. Und ihr Bauch schwoll an und ihre Haare schwitzten ihren Rücken hinunter und ihre Mutter schrie herum von wegen Geld und Zukunft, und sie lief gegen die Wände und sie fiel die Treppe hinunter und war orientierungslos und verloren, wie ein Mädchen, das blind geworden war.

Aus diesem Jahr kam sie sehr dünn und sehr lädiert hervor. Beinahe sämtliche Knochen waren gebrochen oder angeknackst gewesen, und sie hatte überall Striemen und Beulen, besonders im Gesicht, und tiefschwarze Ringe unter den Augen. Und der Gedanke daran, aus lauter Quatsch mit einer Fahne über den Campus marschiert zu sein, rief Abscheu und Unmut in ihr hervor.

Und das war's. Sie fing sich wieder. Es ging ihr nie wieder so mies wie damals und nie wieder so fantastisch wie in den drei vorangehenden Tagen, nie wieder in ihrem ganzen Leben. Ihr restliches Leben war wie ein dünner langer Strich mit kleinen Diminuendos und kleinen Crescendos und Freunden von außerhalb, die zu Besuch kamen.

Sie hatte einen üppigen leuchtenden Lockenkopf, mit dem sie ein bisschen aussah wie ein Clown, und keiner sagte ihr davon je ein Wort.

Mir hat noch nie einer vorgeworfen, intelligent zu sein, worüber ich froh bin. Es ist nämlich so: alle echt intelligenten Leute, die ich jemals gekannt habe, waren in fette Drogendeals verwickelt, und ich gehöre nicht zu den Leuten, die der Meinung sind, dass Drogen einfach zum Leben dazugehören. Ich bin sehr gegen Drogen, und diejenigen Leute, die Drogen nehmen, halte ich für dumm. Ich hab gesehen, was mit so Leuten passiert, und mit abspacen hab ich nichts am Hut. Ich bin ein echter Mensch, und das, was ich fühle, bringe ich auch zum Ausdruck.

Als Bobby also an dem Abend im Keller mit seiner Handfläche meine Brust berührte und umfiel, als hätte er einen Elektroschock verpasst bekommen, und sagte: »Du bist intelligent, Marie!«, hielt ich ihn für den größten lebenden Schwachkopf, und das hab ich ihm auch gesagt.

»*Mir* hat noch nie einer vorgeworfen, intelligent zu sein, Bobby«, sagte ich stolz und ein bisschen wütend. Ich stand auf und ging direkt in mein Zimmer, um den Sonnenaufgang zu sehen, aber der würde noch eine Stunde auf sich warten lassen. Also saß ich einfach am Fenster und sah hinaus auf den Rasen und dachte, dass das alles ganz schön verwirrend war, was genau genommen ja auch stimmt.

So viel dazu.

Keine zwei Tage später fing ich an, Leute auf der Straße zu treffen, die mir plötzlich Fragen stellten; Fragen, wie sich die Welt verändern würde, was in der Zukunft mit den Pflanzen passieren würde und ob Haustiere bald obsolet sein würden?

Komischerweise hatte ich für all diese Leute genau die richtigen Antworten parat. Es war, als hätten sie mir mit ihren Fragen die Antwort schon mitgeliefert. »Klar doch«, sagte ich. »In der Zukunft wird halt alles Mögliche passieren.«

»Was denn zum Beispiel, Marie?«

»Okay, ich sag's euch. Morgen geh ich auf eine Party, und auf dieser Party werde ich der Knaller sein. Ich werde ein Kleid anziehen und mit sämtlichen Jungs rumflirten bis zum Abwinken. Die Jungs, die ich kenne, sind alle ziemlich gewieft, aber mir macht keiner was vor. Wenn ich Bobby sehe, werd ich ihn nicht mal mit dem Arsch angucken.«

Jedenfalls, wie sich herausstellte, sollte es demnächst so eine Art Expedition geben, und man brauchte drei hübsche Mädchen aus unserer Stadt. Das war nämlich, um irgendwo mitten im Ozean, wo noch nie zuvor ein Mensch gewesen ist, eine neue Kolonie zu gründen. Ich gehöre nicht zu den hübschesten Mädchen, nicht mal an meiner Schule, aber ich nahm mir vor, dass ich hinfahren würde. Wenn schon sonst jeder hinfuhr.

Wie sich herausstellte, fuhr ich tatsächlich hin, und ratet mal, wen sie dafür ausgesucht haben? Mich und zwei andere! Zwei Mädchen, die ich gar nicht kannte, die aber alle beide unter vier Augen zu mir sagten, sozusagen beichteten, dass *ich* ihrer

Meinung nach die Hübscheste von uns dreien wäre. Das muss man sich mal überlegen! Ich mit meinem krüppeligen Zahn und den strohigen Haaren. Wenn das mal nicht das Verrückteste ist, was ich je in meinem Leben gehört habe!

Also fuhren wir dann auch und blieben letztendlich drei ganze Jahre. Als wir zurückkamen, war Bobby mit dieser Schlampe vom Schulball verheiratet. Und sie hatten es sogar geschafft, in der Zwischenzeit ein Kind zu bekommen. Als Bobby mich sah, zog er mich an der Hand in eine kleine Grünanlage und sagte: »Lass dich mal ansehen. Du bist ja das reinste Wunder.«

Ich hatte in der Zeit ein bisschen Selbstvertrauen gewonnen, und ich sagte, so total frech und gleichgültig: »Weiß ich.«

Jetzt ist es nämlich so, dass Bobby mich nebenher zu seiner Geliebten gemacht hat. Ich amüsier mich total dabei, ihn zu ficken und so. In den Kolonien hab ich alle möglichen verrückten Sachen gelernt, unter anderem auch übers Ficken und wie wichtig Ärsche dabei sind.

Eines Tages flieg ich zum Mond, und wenn's so weit ist, bringe ich einen Teelöffel Zucker mit zurück.

Das Mädchen spielte Klavier, während sich alle ihre Ecke oder einen Platz in dem schmalen Gässchen draußen am Haus suchten, und die Nachbarsfrauen lehnten sich aus ihren Fenstern, um zu brüllen, Lichter an, Lockenwickler in den Haaren. Das Mädchen hatte einen berühmten Klavier spielenden Bruder, an den es niemals aufhörte zu denken, selbst in Momenten der Entspannung, und das Mädchen ließ es niemals zu, dass seine Freunde aufhörten, an ihn zu denken, selbst beim Drogenkauf.

Als das Mädchen nach seinem Vortrag an die Tür ging, über Leute und verschüttetes Bier und so drüberkletterte, waren da zwei Jungs. Den einen kannte es von damals, als sich eine alte Freundin von ihrem Freund getrennt hatte, den anderen hatte es noch nie gesehen. Er war groß und schlaksig, mit geheimnisvollen Augen, einer Zigarette in der Hand und dem perfekten Auftritt, und das Mädchen verliebte sich vom Fleck weg in ihn und vergaß seinen Bruder.

»Hallo«, quietschte das Mädchen und huschte davon.

Groß und geschmeidig trat der Junge ein, kletterte nicht über irgendjemandes Beine und bahnte sich einen Weg nach oben zu einer Wand, vor der er posieren konnte, während der andere eine Gruppe von Freunden fand, vor denen er mit seiner Betrunkenheit angeben konnte.

Das Mädchen war mehrere Minuten lang verschollen. Niemand wusste, wo es steckte. Als es wieder

Musik gab, fand man es am Klavier ohne Publikum, und der Junge, für den das Mädchen sich vorbereitet hatte, war nirgends zu sehen.

Das Mädchen rannte hinunter und aus der Tür. Da stand er in dem schmalen Gässchen, rauchte zusammen mit ein paar Typen und zwei hübschen Mädchen einen Joint, und sie lachten und standen dicht zusammen; eine kleine Privatparty.

Der Junge sah herüber und sie vergaß ihren erfolgreichen Bruder, der nicht nur erfolgreich war, sondern auch schwul, und darin ebenfalls erfolgreich, und wahrscheinlich in diesem Moment am Ficken war, und das Mädchen sah hinunter auf seinen Stiefel und stammelte: »Ach nichts, nichts«, und gab seinem Körper einen Ruck und schüttelte den Kopf und ging hinein.

Der betrunkene Junge, der die anderen unterhalten hatte, hatte die Lust verloren und ging zu dem Mädchen hin und sagte: »Hey, komm, spiel uns was vor. Komm schon, komm schon«, und zerrte es an der Hand.

»Wer ist dein Freund? Ist das der, mit dem du jetzt zusammenwohnst? Ist das der, mit dem du zusammenwohnst?«, fragte das Mädchen und setzte sich ans Klavier. »Der scheint ja schrecklich schüchtern oder seltsam oder so was.«

»Spiel!«, befahl er, dann ließ er sich fallen und legte seine Hände auf die Tasten und fing an ein Lied zu spielen, dieses öde Lied, das jeder kennt.

»Nein, komm jetzt«, das Mädchen schob ihn von sich. »Weg hier.« Und das Mädchen spielte sein eigenes Lied, und es war nicht das ihres Bruders; es war tief und romantisch und grüblerisch, und das Mädchen begleitete sich stockend. Seine Stimme war nicht übel dazu, mit Tremolo und so, aber seine Seele war auf der Suche nach dem Jungen, sein Herz suchte den Raum ab.

Der Text war schrecklich, und irgendwann ließ das Mädchen es sein. Es hörte ja sowieso keiner zu. Das Mädchen ging nach unten und wieder hinaus, aber der Junge war weg und auch die Gruppe, und das Mädchen rannte hinein und fand keinen von den Jungs.

»Sind sie schon gegangen?«, fragte das Mädchen ein anderes Mädchen, das es hätte wissen müssen. »Wo sind sie hin? Sind sie weg?«

»Ich glaub, sie sind gegangen. Er fand die Party scheiße.«

»Ach so.« Das Mädchen ging wieder hinaus und sah in das schmale Gässchen, dann ging es wieder hinein. »Die sind echt gegangen.«

»Sag ich doch. Ist dein Bruder gerade in der Stadt?«

Das Mädchen antwortete genau wie vorhin, während es sich umsah. Es erzählte von seinen Plänen in L. A., mit wem er da zusammenkam, was er zu seinem Abschiedskonzert anziehen würde.

Und die Jungs am anderen Ende des Blocks, die

gerade auf den nächsten Block zugingen, sagten nichts zueinander.

Der eine hatte nichts zu sagen und der andere hatte einfach nur nichts.

Als sie morgens wach wurde, lag dort neben ihr der Junge, den sie am Abend zuvor als viel zu hässlich und schmeichlerisch abgetan hatte, und auf der anderen Seite, was weitaus überraschender war, der Junge, den sie als viel zu herablassend intellektuell abgetan hatte. Und da lag sie in der Mitte, und ihr war, als befände sie sich in dem Haus, wo sie letzte Nacht gefeiert hatte, aber sicher, nein, sicher war sie sich nicht.

Behutsam kletterte sie über den einen drüber und ging ans Fenster und sah hinaus in den Garten, wo sich riesige Sandhaufen befanden, kleine Berge mit Spitzen. Und da sie keine Ahnung hatte, warum oder wie sie dort hingekommen waren, beschloss sie schnell: »Da hatte ich wohl 'n Filmriss.« Dann ging sie aufs Klo und kam zurück, als die beiden Jungs gerade aufstanden.

»Hallo, Jungs«, sagte sie träge, ohne Verwunderung oder Eifer. Und die Jungs, erst der eine, dann der andere, sagten hallo und sahen einander an, aber da sie nicht lächelten oder Mitleid zu haben schienen, setzte sich das Mädchen ans Fußende des Bettes.

»Ich hab Hunger«, sagte sie. »Habt ihr beiden auch Hunger?«

Ein Junge nickte, während er sich den Schlaf aus den Augen rieb, und der andere Junge sah sich um und versuchte zu ergründen, wo er war.

»Na dann, lasst uns los«, sagte sie. Und da gab es nichts weiter zu tun als zu gehen.

Einer der Jungs war größer, und die drei bewegten sich langsam die Straße entlang. Es war kalt. Es war schon November und hätte kälter sein sollen, aber es war trotzdem kalt, und das Mädchen dachte an nichts. Als der Bürgersteig schmaler wurde, trödelte der Intellektuelle, und der hässliche Junge und das Mädchen gingen vor.

Nach fünf Minuten erreichten sie ein gutes Lokal. Dort gab es Eier, anscheinend, und Speck und Kartoffeln und unbegrenzt Kaffee und kein Schild, dass man nicht rauchen durfte, also setzten sie sich in ein Separee ganz hinten, und das Separee war braun und die Beleuchtung war fahl, und die Sonne schien nicht, und sie waren alle jämmerlich und befanden sich in unterschiedlichen Stadien der Beschämung und Belanglosigkeit.

Sie bestellten alle das Gleiche, abgesehen von dem hässlichen Jungen, der Veganer war, und er bestellte nichts als schwarzen Kaffee und Orangensaft, und das Mädchen dachte trübsinnig: ›O Gott, ich hab mit einem Veganer geschlafen.‹ Und der große, intelligente Junge heftete unablässig seinen Blick auf den Tisch und sagte nichts, und keiner von ihnen sagte etwas, abgesehen von dem Mädchen, das Bemerkungen machte wie: »Seid ihr sicher, dass ihr nicht mehr wisst, was letzte Nacht passiert ist?« und »Du heißt doch Martin, glaub ich, oder?«.

Irgendwann fing sie an, sich über diese wortlose und entschlossene Ahnungslosigkeit zu ärgern, über dieses kindische Getue, und sie dachte, da sie nicht bereit waren, irgendetwas zuzugeben, hatten sie so etwas wohl gerade zum ersten Mal erlebt, aber der Gedanke war so schrecklich, dass sie ihn von sich schob.

»Tja«, sagte sie, als das Essen kam, und innerlich verfluchte sie diese humorlosen Jungs, die sie in ihre düstere Stimmung hineinzogen, und sogar da wusste sie, dass alles viel besser wäre, wenn sie eitel und glühend und heiter wären.

Schweigend aßen sie, und sie merkte, dass der Intellektuelle unbedingt gehen wollte. Noch ehe er aufgegessen hatte, verlangte er die Rechnung, und der junge Kellner brachte sie und ging, und der Intellektuelle ging, während sie noch aß. Dann stürzte der hässliche Junge den Rest seines Orangensafts hinunter und zahlte und ging, und keiner sagte mehr als »also dann« oder »mach's gut«.

Sie war allein. Sie legte ihr Geld hin, und zum zweiten Mal stellte sie fest, dass sie keine Zigaretten mehr hatte, und sie fühlte sich grässlich und verkatert und wie die allergrößte Schlampe.

An jenem Tag lief das Mädchen durch die Stadt, und es war kalt und dunkel, und der Himmel war hässlicher als je zuvor, aber nicht so hässlich wie der Junge, mit dem sie geschlafen hatte, und ihr wurde klar, dass sie einundzwanzig war, und sie dachte an ihr Leben, und dachte: ›Was für ein Elend.‹ Und nichts konnte sie vom Gegenteil überzeugen.

Eleanor ging es gut, so weit, aber anfangs hatte sie Schwierigkeiten, sich in die Familie einzugliedern. Die jüngeren Jungs sahen sie an, als ob sie noch nie Sex gehabt hätte, was nicht stimmte. Mit neunzehn hatte sie viele Male mit ihrem Freund geschlafen.

In jenen Zeiten hatte er andauernd bei ihr herumgehangen und ihr die Beine über den Kopf geschoben. Ständig hatte er sie mit ausgebreiteten Armen und Beinen ans Bett gefesselt, ständig auf den Bauch gedreht, und wenn nicht auf den Bauch, dann auf den Rücken. Andere Male war sie an den Hüften hochgezogen worden und hatte sich am Rand der Matratze zu einer Art Brücke hinknien müssen. Drei Jahre später starb er unter tragischen Umständen, und danach brachte sie jeder braunhaarige Mann zum Weinen.

Die drei jungen Brüder wussten davon nichts. Sie hatten hier und da schon mal ein Nacktbild gesehen und saßen ihr bei den Mahlzeiten gegenüber, als hätten sie all das längst hinter sich, von dem Eleanor nie etwas verstehen würde. Sie hatten nicht die geringste Ahnung, was mit ihr los war. Sie waren auf eine solche Art naiv, wie es Jungs gegenüber Frauen mittleren Alters sind, die nicht so sonderlich cool wirken.

Die Mutter hatte zu tun. Die Pflegerin hatte zu tun.

Die Großmutter indessen bestand darauf, dass Eleanor für ihren Schlaganfall verantwortlich sei. Es sei Eleanors Schuld, sagte sie, also stieß sie Eleanor jedes Mal, wenn sie vorbeikam, ihren Stock zwischen die

Füße, damit Eleanor stolperte, und streckte Eleanor ihr Kinn entgegen. Schließlich schloss sich die alte Frau in ihrem Zimmer ein und beschwerte sich am Telefon bei ihren Freundinnen darüber, wie Eleanor ihren Schlaganfall verursacht habe. Eleanor besprach die Sache mit der Pflegerin. Sie einigten sich darauf, dass das Telefonieren sie zu sehr aufrege, also nahmen sie ihr das Telefon weg.

Viele Monate vorher hatte die alte Frau eines Morgens auf dem Treppenabsatz gestanden, die Hände theatralisch an den Kopf geworfen und geklagt: »Ich bin vergiftet worden! Ich sterbe!« Dann fiel sie beide Treppen hinunter und brach im Eingang zu einem splittrigen Haufen zusammen, wo sie mehrere Minuten lang konvulsivisch zuckte, ehe sie das Bewusstsein verlor.

Tim hatte als Einziger die ganze Geschichte mitbekommen, und die anderen wurden richtig neidisch, als er sie ihnen später mit vollem Körpereinsatz schilderte. Das hätten sie auch nur zu gerne gesehen. Das wäre sehr lustig gewesen.

Sie alle besuchten die alte Frau im Krankenhaus: die Pflegerin, die Jungs, die manierliche Mutter der Jungs und Eleanor. Eleanor mochte die alte Frau. Die alte Frau, hatte sie das Gefühl, verstand sie. Sie hielt Eleanor für ein Flittchen, was ja auch stimmte, dachte Eleanor. Immerhin, sie war genommen worden und hatte es zugelassen, genommen zu werden, und dachte immer noch ein bisschen daran, ab und zu.

Unter dem weißen Bettzeug und beinahe bewegungslos zog die alte Frau einen Notizblock unter ihrem Körper hervor. Es war ihr Testament. Sie reichte es herum. Sie hatte beschlossen, alles Lustige Tim zu vererben.

Nicht zum ersten Mal kam Tim missmutig aus der Schule. Auf dem Nachhauseweg trat er die größeren Steine gegen Autos in der Hoffnung, Schaden anzurichten, selbst wenn er nur gering war. Am anderen Ende des Blocks rissen Männer die Straße auf, und der Staub wehte ihm in Nase und Mund. Andauernd musste er ausspucken. Er fand einen Zigarettenstummel im Rinnstein und bückte sich danach und wischte ihn sauber und zündete ihn, noch immer im Gehen, an. Es gab ihm das Gefühl, niederträchtig zu sein.

›Das ist mein Leben‹, dachte er tiefsinnig und nüchtern. Es fühlte sich so dramatisch und morbide an wie eine Fahrt mit der Eisenbahn. Als er nach Hause kam, nahm ihm die Pflegerin die Jacke ab. In seinem Zimmer lag er auf seinem Bett unter den Modellflugzeugen, die von der Decke hingen, und dachte erneut: ›Das ist mein verficktes Leben.‹ Seine Neugier kehrte wieder. Dachte er etwa zum ersten Mal das Wort *ficken*?

Eleanor stand vor der Tür. Er spürte es.

»Was willst du, Eleanor?«

Eleanor entschuldigte sich und fragte, ob sie vielleicht reinkommen könne, und vorsichtig quetschte sie sich durch den Spalt, da sie die Tür nicht weiter aufschieben wollte. Langsam sah sie Tim an, setzte sich dann aufs Bett, doch als sie seinen Gesichtsausdruck sah, stellte sie sich hin.

»Was hältst du von diesem Brief?«, fragte sie und zog ihn aus der Tasche ihres Rocks und faltete ihn auseinander und reichte ihn ihm.

Ungeniert nahm er ihn und hielt ihn sich vors Gesicht, las ihn von vorne bis hinten, während Eleanor wartete.

»Ich würd sagen, der ist in dich verliebt«, sagte Tim und reichte ihn ihr zurück.

»Ehrlich, ehrlich?« Eleanor gab sich alle Mühe, nicht aufgeregt zu wirken, aber das hätte sie sich auch sparen können; es war zwecklos. Sie war schon lange genug auf der Welt, hätte man meinen sollen, um ein paar Dinge über sich selbst wissen zu können, zum Beispiel, dass sie ihre Gefühle nicht verheimlichen konnte. Offenbar war keiner ihrer Freunde so gut oder klug genug gewesen, sie davon in Kenntnis zu setzen.

»Er liebt dich«, bestätigte Tim. Es wunderte ihn nicht. Es gab alle möglichen Mitleid erregenden und verzweifelten Menschen auf dieser Welt, das wusste er. Er warf Eleanor einen kurzen Blick zu. Zum zweiten Mal sah er sie mit den Augen eines Mannes. Das erste Mal war damals, als sie zu ihnen ins Haus gezogen war, aber das war nur kurz gewesen.

Eleanor wurde rot. Sie wusste nicht genau, ob sie das Zimmer verlassen sollte oder nicht. Sie hatte das Gefühl, sie sollte, aber sie wollte auch, dass er noch etwas sagte, irgendetwas, das alles erklären würde. Tim sagte nichts. Er guckte bloß.

Eleanor aß sehr gerne Eis. Als er anrief, sagte sie dem Mann, dass er ihr ein Eis spendieren müsse, wenn er mit ihr ausgehen wolle. Er war einverstanden, und sie ließ zwei Mal den Hörer fallen, ehe sie richtig auflegte.

Am nächsten Abend saß sie an dem kleinen Tischchen in ihrem Zimmer, trug Lippenstift und steckte sich die Haare hoch. Die alte Frau schob auf dem Weg zur Toilette ihre Gehhilfe an der offenen Tür vorbei. Sie blieb stehen, als sie sah, wie sich Eleanor zurechtmachte.

»Eleanor«, brüllte sie, »gehst du mit einem Mann aus?«

»Ja«, sagte Eleanor, ohne sich umzudrehen.

Die alte Frau dachte darüber nach, dann nickte sie. »Schön für dich.« Sie ging weiter durch den Flur.

Eleanor verließ das Haus und wartete am Eingangstor. Die Nacht war kühl; es war erst sieben Uhr, also war es draußen nicht vollkommen dunkel. Es war blau. Der Mann kam den Bürgersteig entlang, und als er Eleanor sah, begann er auf sie zuzurennen und laut ihren Namen zu rufen. Eleanor war entzückt. Er blieb abrupt vor ihr stehen und sah stolz auf sie herab, schnaufend und grinsend.

»Ich habe ein Geschenk für dich«, sagte er und hielt ihr eine große, in Einwickelpapier gewickelte Schachtel mit Schleife hin.

»Soll ich es gleich aufmachen?«, fragte sich Eleanor laut.

»Ja. Nein. Ich weiß nicht.«

»Dann warte ich lieber«, beschloss sie und lief rasch den Pfad hinauf, um die Schachtel ins Haus zu bringen. Ihr Kleid raschelte hin und her und er beobachtete, wie es sich bewegte. Er beobachtete, wie das Oberteil des Kleides das Haus verließ und rasch wieder auf ihn zukam.

»Sollen wir los, Eleanor? Bist du so weit, Eleanor?«

Dass er zwei Mal ihren Namen sagte, beunruhigte sie etwas.

»Warum nicht«, sagte sie.

Er hielt sie am Ellbogen fest, und sie gingen die drei Blocks zur Eisdiele hinunter. Es war unbequem für sie, auf diese Weise festgehalten zu werden, aber es machte ihr nicht so viel aus, dass sie etwas dagegen eingewendet hätte. Er schien sehr zufrieden, und keiner von beiden sagte viel. Als sie zur Eisdiele kamen, hielt er ihr die Tür auf. Nachdem sie sich ihre Sorten ausgesucht hatte, musste sie sich in ein Separee setzen, während er bezahlte und die Becher eigenhändig an den Tisch brachte. Er setzte sich ihr gegenüber.

»Ich bediene dich gern, Eleanor«, sagte er. »Du bist schön.«

»Danke«, antwortete sie und kam sich schlauer und selbstsicherer vor als vorher, als wären da noch verschiedene andere Männer, die alle was von ihr wollten. Sie fühlte sich erhaben und überlegen. Zufrieden stellte sie fest, dass sie dabei war, ein Urteil über ihn zu fällen.

Ein paar Minuten später beugten sie sich beide über ihre Eisbecher und aßen schweigend ihr Eis. Dann spürte Eleanor, wie sich ein Schauder über ihre Arme und ihren Hals legte. Sie sah über den Tisch hinweg und erwischte den Mann dabei, wie er, mit schief gelegtem Kopf und leuchtenden Augen, grinsend zu ihr hochsah.

»Was ist denn, John?« Eleanor legte den Löffel hin und sah sich beklommen um.

»Ah, du bist einfach so …« Er schüttelte den Kopf wie in Ehrfurcht und kehrte glücklich zu seinem Eisbecher zurück.

Dies geschah noch zwei Mal.

Als sie aufstanden, um zu gehen, sagte sie ihm, es sei vielleicht das Beste, wenn er sie jetzt einfach nach Hause brächte. Einmal draußen, versuchte er, ihr seinen Mantel umzulegen, aber sie sagte ihm, das sei nicht nötig, denn der Mantel, den sie anhätte, sei völlig ausreichend. Als sie an ihr Gartentor kamen, hielt er es ihr auf und stand höflich da, ohne einen Kuss zu erwarten.

»Jedenfalls war das Eisessen wirklich wunderbar«, sagte sie würdevoll und war sich bewusst, dass sie um einiges reifer war als zu Beginn des Abends.

»Gern geschehen, Eleanor«, sagte er und erzeugte das gleiche mondsüchtige Lächeln, das sie bereits in der Eisdiele an ihm beobachtet hatte. Sie fragte sich, ob ihr Kleid vielleicht durchsichtig sei.

Im Haus war es sommerlich warm und die Lampen warfen auf alle Gegenstände ein pfirsichhaftes Licht. Es war das ideale Haus zum Nachhausekommen. Während sie mit erschöpfter Hand ihren Mantel aufhängte, fiel ihr im Eingang auf einem Ständer das Geschenk ins Auge, das er ihr mitgebracht hatte. Sie hatte kein so großes Interesse, es jetzt zu öffnen. Es war fast, als rechnete sie damit, sein grinsendes Gesicht zu sehen, das ihr vom Grund aus zuzwinkerte. Sie nahm es und ging damit zurück ins Wohnzimmer, setzte sich in einen plüschigen Ohrensessel, und da ruhte es auf ihren Knien. Sie trank normalerweise keinen Alkohol, aber sie wäre aufgestanden und hätte sich aus dem Schrank einen Schnaps eingeschenkt, wäre da nicht diese große Schachtel auf ihrem Schoß gewesen. Sie hatte gerade begonnen, die Schleife aufzuziehen, als die Mutter der Jungs behutsam hinter dem Türrahmen auftauchte.

»Oh«, sagte sie mit ihrer sanften Stimme. »Da sind Sie ja wieder.«

»Ja«, sagte Eleanor nicht ohne Stolz. »Dieses Geschenk hat er mir mitgebracht.«

»Das ist aber sehr romantisch«, sagte die Mutter. »Das ist *sehr* reizend und romantisch.« Sie sah sich um. »Denk ich mal.«

»Möchten Sie es öffnen?«, fragte Eleanor unsinnigerweise, und ihre neu gewonnene Verfeinerung löste sich in Brei auf. Die Mutter der Jungs vermittelte ihr immer das Gefühl, gewöhnlich und unbeholfen zu sein. Sie war bestürzt. Sie hatte die Veränderung in ihr als etwas Bleibendes aufgefasst, dabei war sie gar nicht der Rede wert.

»O nein«, flüsterte die Mutter in einem so leichten, luftigen Tonfall. Sie war so zierlich; nicht wie ein Vogel, eher wie eine Feder.

»Ich geh dann mal«, sagte sie und zögerte kurz, wollte offensichtlich bleiben, ging aber dennoch.

Eleanor wandte sich wieder dem Geschenk zu. Sie faltete das Papier auseinander, das rot und mit blaugelben Booten bedruckt war, und öffnete die Schachtel, indem sie erst wegsah, dann hineinblickte. Am Grund der Schachtel lag eine Mütze mit Schirm. Sie bestand aus sechs keilförmigen Stoffstücken, die von einem Knopf aus hinunterführten – lila, grün, gelb. Sie war viel zu klein für ihren Kopf.

Sie legte den Deckel zurück auf die Schachtel und stellte sie neben den Stuhl, dann wandte sie sich zur Treppe, um ins Bett zu gehen. Sie hatte keine Ahnung, warum er ihr etwas so Lächerliches und Unpassendes geschenkt hatte. Es brachte sie nicht mal zum Lachen.

Gestern gab es einen Unfall auf der Straße. Sieben Autos knallten zusammen, eins nach dem anderen, und drückten sich ineinander. Bei dem Anblick (so heißt es) habe ich mir die Hände vors Gesicht gehalten und geschrien. Dann wurde ich bewusstlos. So wie es aussieht, haben mir zahlreiche Leute, die auf der Straße dabei waren, geholfen – und nicht den Leuten, die da in den Autos zusammengequetscht waren. Könnte sein, weil ich schön bin.

Seitdem die Welt zum ersten Mal mein Gesicht gesehen hat, sagt man mir, dass ich schön sei. Ich halte das für so etwas wie einen beglückenden Teil meiner Persönlichkeit, teilweise weil es bedeutet, dass ich, wenn mir alles andere abhanden kommt, wenn mir sonst irgendwas nicht gelingt, immer noch eine Sache habe, die den meisten Leuten fehlt: Schönheit.

Als ich wieder zu mir kam, blickte ich als Erstes in das Gesicht eines Mannes mit Schnurrbart. Er trug einen Hut und sah mir besorgt in die Augen. Ich blinzelte zu ihm hoch, und er hob in heller Freude das Gesicht: »Ihr geht's gut!« Die kleine Menschenmenge, die sich um mich herum versammelt hatte, jubelte, und mir wurde von einem anderen Mann aufgeholfen und einer Dame, die schon etwas älter und ziemlich gut angezogen war. Die Dame bürstete mir die ganze Zeit das Kostüm ab, während ich benommen dastand und in die Welt blinzelte.

»Sie haben ganz schönes Glück, dass Sie sich bei Ihrem Sturz nicht den Kopf aufgeschlagen haben«, sagte der Mann mit dem Schnurrbart. »Ihr schönes Haar wäre ja voller Blut gewesen.«

Ich wusste nicht, was ich sagen sollte. Wie soll man so gutherzigen Menschen danken? Ich war jedoch in keinem Zustand, höflich zu sein, also bin ich einfach gegangen. An dem Abend sagte mein Mann beim Essen zu mir, es sei wirklich ein Glück, dass es so nette Leute auf dieser Welt gebe, die bereit seien, einem wildfremden Menschen wie mir zu helfen.

»In Wirklichkeit ist es ein Glück, Tom«, sagte ich, »dass ich schön bin. Diese Leute hätten mir nicht geholfen, wenn ich nicht so schön wäre.«

»Gar nicht wahr«, sagte er kopfschüttelnd. »Du bist einfach nur ein Glückspilz, dass diese netten Leute zur richtigen Zeit am richtigen Ort waren. Da hat wohl jemand«, sagte er und zwinkerte, »auf dich aufgepasst.«

»Ja, die Männer auf der Straße.«

Er runzelte die Stirn. Dann überließ er mir das beste Stück Fleisch, und ich lächelte, weil er so ein großzügiger Mann ist, bisweilen.

Die letzten sieben Jahre hatte Mr Jones seine Frau gepflegt, die schon sehr lange krank gewesen war und am Ende starb. Als er in die Gesellschaft seiner Freunde und Feinde zurückkehrte, wusste er nichts von der Welt – oder davon, was sich verändert hatte und was gleich geblieben war –, doch als er Fritz in einer Bar entdeckte, wie er an einem Glas Gin nippte, sagte er unwillkürlich: »Fritz«, und so wurden die neuen Zeiten wieder wie die alten.

»Komm doch rüber und setz dich zu mir, du arme Socke«, sagte Fritz.

Also saß Mr Jones mit Fritz zusammen, und Fritz stellte seinen Drink ab und sah seinem Freund in die Augen und sagte: »Bei allem Respekt, Mann, aber können wir jetzt mal über was anderes reden?«

»O ja, selbstverständlich«, entgegnete Mr Jones und blickte beschämt in seine Milch.

»Gut. Pass auf, neulich war ich gerade dabei, mir einen Comic zu kaufen, weißt du«, aber gerade als Fritz so langsam zum interessanten Teil der Geschichte kam, traten eine alte Frau und eine junge Frau an ihren Tisch und standen da und warteten. Die junge Frau war groß und ihre Brüste drückten sich nach vorn; sie hatte einen prächtigen Körper, der Männern gefiel. In diesem Wissen sagte die alte Schachtel ruhig: »Dürfen wir uns mit dazusetzen? Meine Kusine hier kennt keine Menschenseele.«

»Na ja …«, sagte Fritz, der ungern neue Bekanntschaften schloss.

»Aber selbstverständlich«, sagte Mr Jones, und rasch rückte er die Stühle so hin, dass die Puppe sich auf den einen Stuhl und er sich neben sie setzen konnte. Mit leuchtenden Augen sah sich das Mädchen um, und Mr Jones fragte, was es beruflich mache.

»Ich?«, zwitscherte das Mädchen.

»Sie ist meine Freundin«, sagte die alte Schachtel und lächelte, bis ihr Zahnfleisch zu sehen war.

»Ich bin ihre Freundin«, nickte das Mädchen, und es war klar, dass es keinen Deut klüger war als ein Dummy.

»Ich vermute, Sie wollen sich über die neuesten Neuigkeiten unterhalten«, seufzte Fritz mit einiger Mühe.

»Nein. Wir wollen sehen, ob wir uns mit Ihnen anfreunden können«, sagte die alte Schachtel.

»Ich weiß nicht recht, ob das heute möglich sein wird«, sagte Fritz. Er hasste es, sich mit neuen Leuten zu unterhalten. Nie wusste man, was andere für ein Urteil über einen fällen würden.

Die alte Schachtel drehte sich zu Mr Jones, und ihre Augen füllten sich plötzlich mit Tränen. Sie stotterte: »Wir haben von Ihrem furchtbaren Leben gehört und wie Ihre Frau gestorben ist, und ganz ehrlich, wir wollten Sie ansprechen und unser Beileid bekunden und Ihnen unsere Unterstützung anbieten, falls nötig.«

»Oh, danke«, sagte Mr Jones errötend und blickte zu Boden und blickte sich um.

»Sie machten einen so netten Eindruck, und ich sagte zu Janie: ›Komm jetzt, Liebes, wir müssen da jetzt rübergehen und diesem Mann sagen, dass er ein wahrer Held ist‹ – ein wahrer Held, das sind Sie nämlich.« Hoffnungsvoll schaute sie Mr Jones in die Augen und sah, wie er sanft den Blick abwandte.

»Nun, das ist sehr nett, dass Sie das sagen, aber ich liebte meine Frau – liebe meine Frau – liebte meine Frau –, und an der Liebe ist nichts Heroisches.«

Die alte Schachtel zuckte mit den Achseln und sagte in vertraulichem Tonfall, den Kopf dicht über dem Tisch: »Sie liebt mich auch, aber glauben Sie mir, sobald sich meine Zehen einrollen, ist die über alle Berge.«

Die puppenhafte junge Frau lächelte weiter.

»So ist es nun mal«, sagte die alte Schachtel kopfschüttelnd. »Sie wäre längst in Timbuktu, mit ihren blöden kleinen Freundinnen. Mit mir kann man jede Menge Spaß haben, wo ich noch hier herumspringe, aber meine Tage sind gezählt. Das ist nun mal nicht zu ändern. Ich habe ja sogar schon die Nummer.« Sie lehnte sich in ihrem Stuhl zurück und zog ihr Kinn in den Hals und kramte in ihrer Tasche, bis sie einen angeschmuddelten Zettel hervorzog. »Ah ja. Einhundertachtzehn.«

»Was?«, zwitscherte die Puppe.

»Nichts. Trink du dein Gingerale.« Dann sagte sie patzig: »Sehen Sie? Man sollte meinen, sie wäre in der Lage, mich gesund zu pflegen oder mich wenigstens vernünftig sterben zu lassen! Aber nichts da! Wenn wir nach Hause gehen, sitzt sie vor dem Fernseher. Wenn wir ausgehen, starrt sie geradeaus, als wären wir nie aus dem Haus gegangen! Ich weiß, Sie beide halten es für irrsinnig, aber hin und wieder ist sie sehr gut im Bett und das gleicht den Rest wieder aus. Ihre Freundinnen allerdings sind schreckliche Menschen, sie haben keinerlei Anstand und gucken mich an, als hätte ich schon vor Jahren abdanken sollen. Wo wir doch alle wissen, dass das nicht stimmt. Stimmt's? Stimmt's? Sie wissen es. Sie waren doch mal Krankenpfleger.«

Mr Jones nickte.

»Na ja, jedenfalls«, sagte die alte Schachtel und lehnte sich zurück. Sie seufzte und sah sich um. »Mir ist langweilig, was, Puppe?«

Die junge Frau lächelte mit blitzenden Zähnen. Sie kam den Männern nun nicht mehr so ansprechend vor, nachdem sie von der alten Schachtel ins Vertrauen gezogen worden waren.

»Aha …«, sagte Fritz. »Und wie lange wollen Sie noch hier an diesem Tisch bleiben?«

Mr Jones sagte rasch: »Mein Freund ist schüchtern, und Leute, die er nicht kennt, machen ihn nervös.«

»Gibt keinen Grund, nervös zu sein«, sagte die alte Schachtel. »Wenn Sie uns kennen würden, würden Sie sehen, dass es nichts gibt, was Sie einschüchtern müsste, und anstatt besser zu sein als Sie, sind wir in Wirklichkeit viel weniger oder gleich.«

»Ist das wahr?«, fragte Fritz auf einmal, und Mr Jones war angewidert von der Wendung, die die Unterhaltung genommen hatte. War das nun die Art ermüdende Unsicherheit, bei der die Welt inzwischen angelangt war?

»Fällt Ihnen das denn nicht generell bei Leuten auf?«, sagte die alte Schachtel. »Wir sind nichts! Gar nichts! Nicht das Geringste!«

»Aber ich gehe immer davon aus«, fuhr Fritz interessiert fort, »dass die Leute besser sind als ich und von Gottes Gnaden ihr Urteil über mich fällen.«

»Gehen wir«, sagte die alte Schachtel hastig, und sie drängte die junge Frau tief ins Innere der verrauchten Bar.

»Warten Sie!«, rief Fritz und stand auf.

Mr Jones drehte sich nach seinem Freund um, dessen Gesicht jetzt rot und verzweifelt war. »Ich weiß nicht, ob uns das jetzt der Lösung näher bringt«, sagte Mr Jones und wählte jedes Wort mit Bedacht. »Immerhin kann man doch nie wissen, was sie eigentlich damit gemeint hat. Man kann es nie wissen. Und selbst wenn ja, könnte es sein, dass es nicht mal wahr ist.«

»Ach, geh doch zurück in deine Wohnung!«, zischte Fritz, und er verdrehte den Körper und sprang mit dem Drink in der Hand davon, der alten Schachtel und der Puppe hinterher.

Jetzt war Mr Jones allein. Er hätte niemals ausgehen sollen, wenn sich alle Welt inzwischen so benahm. Er vermisste die Vergangenheit; das stille Nichts, wenn er neben seiner sterbenden Frau im Bett lag, ihr die nassen Haare streichelte, während sie mühsam atmete und alle paar Tage die Augen ein wenig öffnete. Das waren sanfte Zeiten; wie das Licht durchs Fenster kam, wie er kaum noch schlief und wie sie mit ihren Schmerzen lebte.

Der Vermieter versuchte nun schon seit zwei Wochen, beim jungen Wüstling die Miete einzutreiben. Jedes Mal, wenn er an die Tür klopfte, kamen Geräusche, dann keine Geräusche. Der Vermieter war wütend, und seine Frau ohrfeigte ihn. Aus diesem Grund streifte er über den Hof, über das Stockwerk des jungen Wüstlings sowie durch die Eingangshalle. Dennoch gelang es dem jungen Wüstling, ihm zu entwischen, und die Frau des Vermieters brüllte ihn an wegen gewisser Dinge, die ihr gemeinsames Leben betrafen und das Gebäude und den Geburtstag ihrer Tochter Beth.

Mit sechzehn war Beth ein bisschen dürr gewesen, aber mit achtzehn hatte sie einen prächtigen Busen und die Art Bauch, nach dem sich junge Frauen mit großen Bäuchen sehnten, und sie hatte drei Verehrer von ihrer Uni.

Es war der freie Tag des jungen Wüstlings und er lag mit einem Mädchen im Bett. Es hatte lange Haare und zwirbelte sie um einen Finger, als er plötzlich aufstand und zum Fenster ging, um hinauszublicken. Er fing an, eine Geschichte zu erzählen.

»Ich habe die Tochter des Vermieters schon ein paar Mal gesehen, aber sie hat immer diesen leeren Gesichtsausdruck, also dachte ich natürlich, sie wäre ein bisschen beschränkt. Aber dann war ich eines Tages im Park und sie saß auf einer Bank, und auf einmal sprach sie so ein junger Allergiker an.«

»Wohin soll das eigentlich führen?«, fragte das Mädchen, hellhörig und eifersüchtig bei der Erwähnung einer fremden Frau.

»Weiß ich nicht.« Der junge Wüstling kam vom Fenster wieder. Irgendwo beim Erzählen war die Geschichte abhanden gekommen. Er wusste nicht, wohin sie verschwunden war. Das Mädchen bestand darauf, noch ein bisschen rumzumachen, also taten sie das, obgleich der junge Mann nicht recht bei der Sache war; er war mit den Gedanken bei der Tochter des Vermieters.

Beth stand in der heißen Sonne an der Ecke und wartete auf den Bus, und sie wartete schon sehr lange. Sie schwitzte unter den Armen. Der junge Wüstling kam die Straße entlang. Sie kannte ihn aus dem Gebäude ihres Vaters. Er murmelte »Hallo« und setzte sich auf die Rückenlehne einer Bank und beobachtete sie, aber sie reagierte nicht. Sie hatte ja schon genug Verehrer.

Der junge Wüstling räusperte sich, dann stellte er ihr eine Frage.

»Was?«, fragte sie irritiert. Der sprach aber leise!

»Nichts«, murmelte er. Das beeindruckte sie nicht, und sie sagte ungehalten: »Heute habe ich Geburtstag und mein Vater hat vergessen, mir einen Kuchen zu besorgen. Was für ein Vollidiot! Hast du eine Ahnung, was das für mich bedeutet? Ich habe mit einem schönen blauen Kuchen gerechnet: mit blauem Zuckerguss drauf und Schokolade drin! So ein Vollidiot!«

Der junge Wüstling wusste nicht, was er dazu sagen sollte. Der Bus kam und Beth stieg ein. Der junge Wüstling ging zurück zu seiner Wohnung.

In seinem Bett entdeckte er eine Freundin seiner Mutter. Er ging zum Fenster und stand da und zündete sich eine Zigarette an. Sie sah ihn mit roten Augen an.

»Ich nehme an, für dich bin ich nur die Freundin deiner Mutter. Willst du deswegen nicht mit mir schlafen? Ich bin noch jung!« Die Freundin seiner Mutter brach erneut in Tränen aus und vergrub schwer atmend den Kopf im Kopfkissen. Er blies Rauch aus. Er hatte genug von diesen Frauen. Sollte doch der Vermieter seine Miete eintreiben. In weniger als einer halben Stunde hatte er die alte Frau da rausgeschafft, und er setzte sich auf sein Sofa und wartete auf das Klopfen des Vermieters. Und da kam auch schon das Klopfen, und er öffnete die Tür, und vor ihm stand der Vermieter mit wütendem Gesicht und einer bebenden Bratpfanne in der Hand.

»Ich will meine Miete! Wo waren Sie seit dem Ersten?«

Der junge Wüstling ließ den Vermieter eintreten und vor dem Fenster stehen, während er seine Manteltaschen nach der Brieftasche durchwühlte. Als er mit dem Geld auf den Vermieter zuging, strahlte die plötzliche helle Sonne auf den Vermieter herab, und in diesem Augenblick sah der Vermieter seiner Tochter so ähnlich, dass der Wüstling den Sog spürte.

»Her damit«, sagte der Vermieter, und der junge Mann ließ sich die Scheine aus der Hand reißen, und über die Schulter des Vermieters hinweg sah er die junge Beth die Auffahrt zu dem weißen Hochhaus hinaufkommen.

»Da kommt Ihre Tochter«, sagte der junge Wüstling.

Der Vermieter wandte sich zum Fenster. Er steckte die Scheine in seine Tasche. Sie trug einen Beutel, und in dem Beutel war eine Schachtel, und in der Schachtel war ein Schokoladenkuchen mit glänzendem blauem Zuckerguss.

Schließlich waren sie ein Mann und eine Frau. Es gab keinen Grund, einander nicht zu verfallen.

Als der Mann fiel, fiel die Frau, und als die Frau fiel, fiel der Mann. Schwer zu sagen, wer nun zuerst fiel.

Während sie fielen, geschahen anderswo andere Dinge, aber da, wo sie waren, war nichts als er für sie und sie für ihn, und genau an jenem Abend gingen sie zum Italiener.

Sie waren kaum in der Lage, ihre Bestellung aufzugeben, was die Bedienung ärgerte, aber es war doch nur, weil sie so sehr ineinander verliebt waren, und sich so sehr über den Tisch beugten, und sich so sehr die Hände streichelten, und sich so sehr die Arme streichelten, und sich so sehr in die Augen blickten, und sich so anlächelten, als stünden sie unter Drogen.

Sie standen unter Drogen. Oder sie waren verliebt.

Er sagte: »Lass uns am Wochenende wegfahren. Ich will mit dir zusammen sein, und nur mit dir und sonst niemandem.«

Und sie sagte: »Oh, das ist eine tolle Idee. Ja, einverstanden.«

Also verlagerte sich ihre Aufmerksamkeit weg vom Gesicht des anderen und dorthin, wo sie hinwollten, wo sie übernachten würden, wie sie hinkommen würden, was er vorher noch würde erledigen müssen, was sie ihrer Familie erzählen würde.

An jenem Abend küssten sie sich leidenschaftlich

auf der Veranda ihres Elternhauses, aber sie ging allein hinein. Und sie dachte an ihn, während er nicht bei ihr war, und auch er dachte an sie, während sie nicht bei ihm war.

Am Wochenende holte er sie in seinem Auto ab und sie fuhren in östliche Richtung über die Autobahn, und sie kicherte und lachte, und er lachte einfach nur, und sie zappelte in ihrem Sitz und versuchte, seinen Körper anzufassen, und ihr Gepäck war hinten drin und die Sonne schien und die Fenster waren heruntergekurbelt und sie sang die Lieder mit, die im Radio gespielt wurden, und sie war so fröhlich und er war verdammt glücklich.

Mittags hielten sie an, um sich etwas zu essen zu holen, und direkt vor dem Restaurant küssten sie sich gegenseitig die Lippen und die Zungen. Sie hielt die Augen offen, um zu gucken, wer ihnen dabei zusah, und er behielt seine Hände auf ihr.

Als sie wieder im Auto saßen, wurde sie schläfrig, also machten sie wieder Halt, um ihr einen Kaffee zu besorgen, damit sie nicht einschlief, damit die beiden nicht einen einzigen Augenblick ihres gemeinsamen Wochenendes verpassten.

Als sie dort ankamen, wo sie hinwollten, saß sie im Auto und sah sich um, während er sich von der Wirtin den Schlüssel holte, und er nahm das Gepäck und sie nahm die zerbrechlichen Weinflaschen. Zusammen wanderten sie einen waldigen Pfad entlang und sie sagte zu ihm: »Warst du hier schon mal?«

Und er sagte: »Nein. Mein Bruder hat mir davon erzählt.«

Und sie war glücklich, und er fühlte sich auch ganz okay, und obwohl die Lüge unnötig gewesen wäre, war es so besser.

An dem Abend betranken sie sich und machten diese ganzen Sachen, und morgens standen sie auf und machten diese ganzen Sachen. Während er aus den Lebensmitteln, die sie mitgebracht hatten, das Frühstück zubereitete, rief sie vom Bett aus: »Ich glaube nicht, dass wir uns jemals streiten werden. Ich kann mir gar nicht vorstellen, mit dir Streit zu haben.«

Und er rief über seine Schulter hinweg: »Ich könnte dir niemals böse sein.«

Ausgelassen kuschelte sie sich in ihre Decke, und in ihm stieg Liebe auf beim Ton ihrer hohen melodiösen Stimme.

Nachmittags gingen sie schwimmen, und beim Schwimmen versuchte er ihr den Badeanzug auszuziehen, doch sie schwamm jedes Mal kokett davon und schlug mit Armen und Beinen nach ihm. Sie rief: »Hau ab, du Irrer! Ich werde von einem Irren vergewaltigt!«

Und während ihn das anfangs unangenehm berührte, entspannte er sich schnell und beschloss, dass ihm ihre impulsive, gedankenlose Art gefiel.

Am Abend baute er ein Lagerfeuer, und alles war perfekt und war perfekt gelaufen, und sie lehnte sich in seine Arme und dachte, es ist wirklich perfekt. Es ist genauso wie im Film. Und sie sagte zu ihm: »Ist es nicht, als wären wir in einem Film? In irgend so einer Art Fantasieland?«

Und er sagte: »Mmmm«, und küsste sie auf den Kopf, und es war noch mehr wie im Film, haargenau wie alles, was sie jemals über die Liebe gesehen und gehört hatte, und sie spielte mit, und zwar zusammen mit ihm.

Sie sagte: »Ich wünschte, dieses Wochenende würde nie zu Ende gehen.«

Und als sie das sagte, auf eine bestimmte Art, klammerten sich seine Arme noch fester um sie, und ihr Gesicht zog sich zurück beim Gedanken an den Montag und an die Rückfahrt, die noch viel schlimmer sein würde, und er spürte ihre Gedanken, und er fing ebenfalls an, daran zu denken.

Sie versuchte es wegzuwischen, es zuzuschütten, als hätte sie es nie gesagt, als wäre es überhaupt nicht wahr, und natürlich würden sie bis in alle Ewigkeit in dieser Hütte bleiben, und sie sagte zu ihm, um alles wieder gutzumachen: »Echt wie in einem Traum.«

Aber es war nicht wie in einem Traum. Nicht wirklich. Und sie betranken sich und machten diese ganzen Sachen und schliefen ein, und als sie morgens aufwachten, fühlte sie sich beschissen und er war gereizt.

Weil er ihre beiden Taschen packen und alles aufräumen musste, während sie im Bett lag und ihm dabei zusah. Sie hatte gesagt: »Lass mich dir einfach nur zusehen. Ich will dir einfach nur zusehen.« Und er hatte gesagt: »Na, du siehst mir doch zu«, ein bisschen im Scherz, aber er wollte nicht, dass sie ihm zusah. Er wollte, dass sie ihm half. Und sie ließ sich in die Kissen zurückfallen, in die Decken, und sie sagte: »Ich wünschte, wir könnten ewig hier bleiben.« Und sie sagte: »Geh du zuerst duschen. Ich kann nicht aufstehen.«

Also tat er es.

Während sie unter der Dusche war, öffnete er die Tür und stand da und beobachtete sie, aber sie rief: »Raus hier!« Und obwohl es ein bisschen im Scherz gedacht war, irgendwie, brauchte sie morgens wirklich ihre Ruhe, vor allem im Bad, also ließ er sie und ging das Auto packen.

»Noch mal 'ne letzte Runde schwimmen?«, fragte er sie, als sie aus dem Bad kam und ihre Haare mit einem Handtuch trocknete. Und sie sagte: »Nein, das Wasser ist bestimmt viel zu kalt.«

Sie sagte: »Ich mach dir Frühstück. Setz dich.«

Und sie machte ihnen Cornflakes und schnitt jedem eine Banane hinein, und sie entschuldigte sich lachend und sagte: »Ich kann nicht kochen.« Gestern hatte er köstliche Omeletts mit Salat für sie zubereitet und Saft, und er hatte die Orangen mit bloßen Händen gepresst. Sie machte bloß eine Schachtel auf und goss Milch drüber. Aber die Bananen gaben dem Ganzen ein bisschen was Edles.

Er sagte: »Es ist ein Uhr.« Und sie sagte: »Ich will nicht weg.« Und sie warfen noch einen letzten Blick auf die Hütte, um sie für immer in Erinnerung zu behalten, und sie gingen raus zum Auto, er vorneweg.

Die Rückfahrt dauerte fünf Stunden, und sie legte sich in ihrem Sitz zurück und sah aus dem Fenster, und der Himmel war dunkel und nass, und er war müde, und er richtete den Blick ununterbrochen auf die Straße, und sie redeten kaum, und wenn sie redeten, dann bloß, um in Erinnerungen an den Samstag zu schwelgen.

Als sie in die Stadt fuhren, sagte sie betrübt: »Ich hasse diese Stadt. Ich hasse meinen Job. Und ich will nicht zurück zu meinen Eltern.«

Und er sagte: »Ich hab morgen als Allererstes so eine Scheißbesprechung, und ich hab noch so viel Arbeit nachzuholen.« Und er sagte: »Wir hätten nicht fahren sollen.«

Aber so meinte er das gar nicht.

Als sie bei ihr zu Hause ankamen, lud er das Gepäck aus und brachte es vor die Haustür und ließ es auf die Stufen fallen, und sie standen da und sahen einander an, aber er wirkte ungeduldig. Und sie schaute sowohl melancholisch als auch munter und sagte: »Das Wochenende war toll. Danke.«

Und er sagte: »Fand ich auch.«

Und er sagte: »Ich ruf dich morgen an.«

Und er dachte an die Arbeit, die zu Hause auf ihn

wartete, und sie dachte an ihre Eltern, die um den Tisch herum saßen, und wie sie sich mit ihnen würde unterhalten müssen, und sie küssten sich, und er ging zurück zu seinem Auto, und während sie die Haustür aufschloss, fuhr er los und davon.

Das Fenster war beschlagen.

»Die Philanthropen werden ihre mündliche und schriftliche Darlegung fortsetzen«, stellte Marcus erschöpft fest, ohne in den Hörer zu sprechen, während er auflegte. Am anderen Ende knallte Janis laut den Hörer auf die Gabel. Sie hasste es, wenn er sich mit seiner Katze unterhielt.

Nun war es einer dieser sonnigen Tage, an denen alle draußen waren und sich freuten. Auf der Straße waren Spaziergänger, und Babys, die sich gegenseitig eine Faust zeigten, und Hunde, die sich hinten und vorne beschnupperten, und Mütter, die stehen blieben, um mit kühlen Getränken in der Hand zu plaudern, voll Koffein und mit Sonnenbrillen.

Janis und Marcus saßen im Park und beobachteten die Kinder auf dem Klettergerüst. Marcus sagte gerade: »Mit einem Wort, das einzige Mittel, dessen sich die Philanthropen bedienen werden, wird die Darlegung sein; und die einzige Zielsetzung, welche sie in ihren Darlegungen vorbringen werden, wird sein, Könige dazu anzuleiten, ihre Macht zu verwenden, um notwendig gewordene politische Veränderungen herbeizuführen.«

Janis sah den Kindern beim Spielen zu. Ohne den Kopf zu wenden, sagte sie: »Vor einigen Jahren begleitete ich einen Präsidentschaftskandidaten auf seiner Wahlkampagne. Er war, wie all jene Schlitzohren, ein amüsanter Kerl, und er wuchs mir sehr ans Herz.«

An jenem Abend tranken sie unterm Sternenhimmel Chartreuse, und Janis' Mitbewohnerin gesellte sich mit einem Glas Limonade zu ihnen auf die Veranda, die auf den Parkplatz des Gebäudes hinausging.

»Ich hatte einen schrecklichen Tag«, sagte die Mitbewohnerin. »Schon seit heute Morgen wasche ich Wäsche. Ist das zu fassen?«

»Ja, ist es«, sagte Janis, »weil du keinen Sinn für wahre Schönheit hast. Immer verpasst du die herrlichen Tage, um irgendwas im Haushalt zu machen.«

»Aber ich habe *wohl* einen Sinn für wahre Schönheit«, sagte ihre Mitbewohnerin, »was man an meiner Verzweiflung erkennt, so einen Tag wie heute verpasst zu haben.«

»Wieso hast du dann das Wäschewaschen nicht auf morgen verschoben?«

Ihre Mitbewohnerin zuckte mit den Achseln.

»Warum können Vögel fliegen?«

»Weil es ihre Natur ist.«

»Ich möchte nicht schon wieder so eine Diskussion führen«, sagte ihre Mitbewohnerin, stellte ihre Limonade ab und steckte sich die Haare hoch.

»Weißt du«, sagte Janis. »Du verpasst absichtlich alles. Das ist das Problem mit dir.«

Marcus bekam allmählich Kopfschmerzen. Bevor die Mitbewohnerin aufgetaucht war, hatte er an gar nichts gedacht. Jetzt dachte er an alles.

»Ich muss los«, sagte er und stand auf.

»Nein, geh nicht! Wir streiten uns gar nicht.«

»Du kennst mich«, sagte Marcus freundlich. »Ich bin gerne allein.« Er küsste Janis auf den Kopf und schlüpfte aus der Tür und ging, während Janis ihm nachsah.

»Siehst du, was du angestellt hast?«, fragte sie ihre Mitbewohnerin.

»Gib nicht mir die Schuld«, sagte ihre Mitbewohnerin.

Janis seufzte. Wenn sie bloß genug Geld verdiente, würde sie alleine wohnen.

Eine kleine alte Frau, die unaufhörlich lächelte, ging vom Garten aus in ihre Küche. Sie hatte zwanzig Minuten lang mit Tränen in den Augen in der Sonne gestanden und ihren wunderschönen Himbeerstrauch betrachtet, der über Nacht eingegangen war. Die vormals kecken roten Himbeeren waren schwarz und trocken geworden und fielen bei der kleinsten Berührung zu Boden.

Die Sonne schien durch das Küchenfenster und tauchte alles in funkelndes Gold, während die kleine alte Frau, die unaufhörlich lächelte, in furchtbarer Trauer ihre Schwester anrief. Ihre Schwester war achtundachtzig und wohnte in Kalifornien. Sie sagte in den Hörer: »Die Himbeeren sind eingegangen.«

Ihre Schwester entgegnete: »Na ja, die Enkelkinder sind gerade dabei, aus der Schule zu fliegen, und Martha ist schwanger und Sam lässt sich von seiner Frau scheiden und seine Frau hat gerade was mit einem Zigeunermädchen angefangen. Die Kleine hat die Grippe und hört gar nicht mehr auf zu husten. Neulich war ich mal wieder drüben, und seitdem Tom aus der Firma entlassen wurde, reden sie nur noch über Geld. Ganz zu schweigen davon, dass Timothy ständig mit jemand anders zusammen ist und wir alle glauben, er hat AIDS oder Tripper oder sonst was. In den Nachrichten, habe ich heute gesehen, war die Rede von einem Orkan über den Anden, wo David und Sue, wie du ja weißt, gerade zum

Skifahren sind. Alle hier sind völlig fertig vor Kummer und Sorgen.«

Die kleine alte Frau hörte ihre Schwester an, und als sie fertig war, legte sie den Hörer auf und saß in ihrer goldgesprenkelten Küche.

Es klopfte.

»Hallo?«, rief die Frau und stand auf und tappte zur Tür und spähte durch den Spion und sah einen jungen Mann mit der Mütze einer Lieferfirma und einem Strauß Blumen in der Hand. Sie öffnete die Tür.

»Ach nein«, kräuselten sich ihre Lippen zu einem Lächeln. »Die können doch nicht für mich sein.«

»Sind Sie Miss Marcia –«

»Nein, junger Mann. Die wohnt nebenan.« Und die kleine alte Frau, die unaufhörlich lächelte, schloss die Tür und ging und setzte sich an ihren Küchentisch. Der Tag war lang; er hatte noch acht Stunden. Sie hatte vorgehabt, die Himbeeren zu essen, eine nach der anderen, bis keine einzige mehr übrig gewesen wäre. Doch der Strauch war über Nacht eingegangen, und es würde nie wieder Himbeeren geben.

Die kleine alte Frau legte ihren Kopf auf den Tisch und fing an zu weinen. Sie weinte jeden Tag an ihrem Tisch, aber niemand wusste etwas davon.

Neuerdings hatte der Mann begonnen, Fragen zu stellen. Er hatte sich angewöhnt, nachts durch die Straßen zu laufen, einen alten Schal fest um Mund und Ohren gewickelt und eine Schultasche voller Bücher in der Hand. Er blieb stehen, um mit Leuten zu plaudern, vor allem mit den Prostituierten. Vor den vielen Fragen hatte der Mann noch nie mit einer Prostituierten gesprochen, obwohl er jemanden kannte, der schon mal mit einer geschlafen hatte.

Es war Donnerstagabend, und der Mann wickelte sich seinen Endlosschal um den Hals und lief die Rue Hébert hinunter, eine Straße in einer schönen Wohngegend mit einem großen leeren Parkplatz. Um halb acht kam er zum Parkplatz, aber keine der Prostituierten war da; also setzte er sich auf einen Pfeiler und wartete und fragte sich: »Warum habe ich diese vielen Bücher mitgeschleppt? Immer schleppe ich zu viele Bücher mit mir herum und lese kein einziges.« Der Mann war einmal sehr gebildet gewesen und hatte während dieser Zeit jede Menge Bücher gelesen. Aber neuerdings stellte er Fragen und las von allem gar nichts.

Miss Moriarty kam in einem grünen Federhut und einer roten Handtasche auf den Parkplatz. Sie sah aus wie Urlaub. Der Mann sprang auf und warf einen Arm in die Luft und rief freudig: »Miss Moriarty!«

Sie drehte sich nach der Stimme um. Als sie den Mann entdeckte, ging sie mit gleichgültiger Miene auf ihn zu und wirkte gereizt. Sie mochte diesen Mann nicht, aber der Mann, der noch immer dabei war, sich den Schal bis unters Kinn zu ziehen, mochte jeden.

»Wo sind denn die anderen Damen?«, fragte er. »Und warum sind Sie als Erste hier?«

Sie sagte, das wisse sie nicht und es sei ihr auch egal. Dann entfernte sie sich, um auf dem Parkplatz auf und ab zu gehen. Er war sich nicht ganz sicher, was sie suchte, und da sie sich auch nicht sicher war, landete sie wieder neben ihm.

»Dieser Parkplatz kotzt mich dermaßen an.« Ihre Stimme war trocken. »Ich komme hier bestimmt schon seit fünf Jahren her. Es muss doch irgendwo einen besseren Ort geben als diesen. Kennen Sie nicht irgendeinen besseren Ort?«

»Wofür denn, Miss Moriarty?«

»Ach, weiß ich auch nicht. Haben Sie zufällig einen Schokoriegel für mich?«

Der Mann sah in seiner Manteltasche und in seiner Brieftasche nach, aber alles, was er hatte, waren zu viele Bücher und zwei Dollar. Und so machten sie sich auf den Weg zum nächsten Lebensmittelladen. Während sie die Straße hinuntergingen, warf sie einen Blick in sein Wörterbuch.

»Misanthrop«, sagte sie. »Metronom. Muräne. Mannloch. Molar. Mops.«

»Ja, das Wörterbuch, das Sie da in der Hand haben, enthält jedes nur erdenkliche Wort«, sagte der Mann stolz, und was er nicht sagte, aber implizierte, war: »Und es gehört mir.«

»Ich mag keine Wörterbücher«, sagte sie. Sie waren nur noch einen Block von dem Laden entfernt, und die Straße war dunkel. Waschbären fuhren mit den Krallen an den Bäumen auf und ab, während sie vorbeigingen. »Ich mag noch nicht mal *Leute* mit Wörterbüchern«, sagte sie und gab es ihm wieder. Er verzog den Mund und steckte es in die Tasche.

»Sind Sie *sicher*, dass Sie keine Leute mit Wörterbüchern mögen?«, fragte er, um ihr eine zweite Chance zu geben. Er hatte keine Lust mehr, zwei Dollar für sie auszugeben.

»Ganz sicher«, sagte sie.

In dem kleinen Lebensmittelladen suchte sie sich einen schrecklichen Schokoriegel mit Karamell und Pfefferminz aus. Während er ihn bezahlte, kaufte der Mann sich ein Los der Wochenlotterie. »Falls ich hiermit gewinne, kriegen Sie die Hälfte«, sagte er zu ihr.

Sie ging vor ihm aus dem Laden. Sie bog ab in Richtung Parkplatz und warf sich die Haare über die Schulter, und ihre Lippen waren im Licht der Laterne beinahe fluoreszierend. »Hören Sie auf, mir nachzulaufen«, sagte sie. »Gehen Sie nach Hause.«

Er stand da und sah schweigend zu, wie sie davonging. Er zerriss das Los und ließ es in den Rinnstein fallen.

Nachts im Bett saß der Mann mit seinem Wörterbuch auf dem Schoß und blätterte liebevoll und sorgsam darin herum wie in einem Familienalbum. Auf seinem Gesicht zeichnete sich Wehmut ab, fast neugierige Nostalgie. Als er morgens aufwachte, ordnete er sich die Haare in der üblichen Weise und zog sich die Schuhe an und ging. Er schaute bei seinem Onkel Charlie vorbei, der eine Geheimnummer hatte.

Die beiden Männer saßen bei Onkel Charlie in der Nähe seines Fensters, und der Mann behielt Mantel und Schal an. Sie aßen Eis aus Schüsselchen. Er fragte Onkel Charlie nach den alten Zeiten, aber Charlie sagte: »Das ist geheim«, und wollte überhaupt nichts erzählen.

»Warum bist du so komisch angezogen?«, fragte Onkel Charlie.

»Weil mir kalt ist.«

Als der Mann ging, beugte sich sein Onkel zum Fenster, um zu sehen, wie sein Neffe den Pfad hinunterlief, aber da er dort niemanden sah, schlief er bald unter einer Patchworkdecke ein.

An dem Nachmittag fiel dem Mann, der neuerdings Fragen stellte, nichts mehr ein. Er setzte sich unter einen Baum, den man am Straßenrand gepflanzt hatte, und beobachtete müßig die wilden Tiere – Eichhörnchen, Streifenhörnchen, Babys. Bald darauf forderte man ihn auf, den Rasen zu verlassen. Es war ihm gar nicht aufgefallen, dass es sich um ein Privatgrundstück handelte.

»Warum gehen Sie nicht einfach nach Hause?«, wurde er von dem Grundstücksbesitzer gefragt.

»Warum *gehe* ich denn nicht einfach nach Hause?«, fragte er sich missmutig. »Ist man denn so sehr gescheitert, wenn man nach Hause geht?«, fragte er sich erneut.

Marianne ging an den Rand des Piers und blickte hinab und sah ihr Spiegelbild zurückstarren. Es war ein hässliches Spiegelbild, eines, an das sie sich gewöhnt hatte, und es starrte dumpf zurück. Sie spuckte ins Wasser und ging zurück zum Strand. Dort saß ihr erster und letzter Freund, Todd, ein massiger Typ mit roten Haaren und wenig, das für ihn sprach, abgesehen von seiner untadeligen Freundlichkeit.

Sie setzte sich neben ihn und kippte eine Hand voll Sand zwischen seine Beine.

»Hey!«, sagte er ein bisschen eingeschnappt. Dann leiser, scherzhaft: »Das fühlt sich irgendwie lustig an.«

»Ach, Todd«, sagte sie und dachte an ihre Hässlichkeit und dachte an Todds Hässlichkeit und sagte: »Wir sind zwei schmutzige unattraktive Menschen. Es gibt Menschen, die viel schöner sind als wir und ein viel besseres Leben haben als wir, und dann gibt es dich und mich, du, meine einzige Liebe, und wir sind das, was vom Rest übrig geblieben ist. Wir sind der Abschaum der Menschheit, und hier sind wir nun, am kältesten Tag des Jahres, allein am Strand, sehen hinaus übers Wasser, und es geht uns absolut mies.«

Todd dachte nach über das, was sie gesagt hatte, war teilweise damit nicht einverstanden und betrachtete ihr Gesicht, das hinaus übers Wasser sah, und er sagte: »Mach dir keine Sorgen. Wir brauchen niemand anders. Ich habe dich und du hast mich, und selbst wenn wir zwei sehr hässliche Menschen ohne Hoffnung und Ehrgeiz sind, haben wir einander, und das hat sonst keiner.«

Marianne sann einen Augenblick darüber nach, war teilweise damit nicht einverstanden, mit dem Rest aber doch, überlegte, den Kopf zu drehen und ihm einen Kuss zu geben, entschied sich aber dagegen. Sie dachte: ›Ich muss doch niemandem was beweisen‹, und sie spürte, wie der eitrige Pickel auf ihrer Nase unter der Haut ein bisschen pulsierte.

Sie sagte: »Aber ist dir das denn nicht klar? In den Augen der Welt sind wir rein gar nichts. Du hast mich und ich habe dich. Na und? Wir sind doch nur zwei stumme Tiere, hässliche stumme Tiere, und niemand liebt uns und niemand sieht uns an, aber wenn doch, dann graust es ihnen. Das ist wichtiger, als irgendeine armselige Liebesbeziehung zu haben.«

Sie legte sich im kalten, nassen Sand zurück, spürte, wie sich die Steinchen in ihre Haare drückten, und sah hinauf in den dunklen grauen Himmel.

Todd lehnte sich auf seinen Händen zurück, sah noch weiter hinaus über die Wellen und fühlte sich klein und belanglos, als wäre er der einzige Mann auf der Welt, wodurch er sich größer, aber einsam fühlte, und doch berührte er ihre Hand nicht, er brauchte nicht so zu tun als ob. Er gähnte, obwohl er nicht müde war, und gähnte erneut, obwohl ihm nicht langweilig war, und sagte: »Lass uns ein Stück gehen«, aber sie sagte nein.

Zehn Minuten vergingen, dann noch mal fünf, und keiner von ihnen sagte etwas. Ihre Gedanken waren diffus, kreisten irgendwie um ihre Einsamkeit und Hässlichkeit, und schließlich sagte Marianne: »Wie du willst«, und sie standen auf und gingen los, die Promenade entlang, wo sonst niemand spazieren ging, und Marianne sagte: »Wo sind denn die ganzen Leute?«

Und Todd sagte: »Zu Hause, vor ihrem Kamin, mit einem Glas Wein und dem geliebten Menschen bei sich, alle warm und glücklich und schön, so ungefähr.«

Und Marianne sagte: »Warum sind wir die Einzigen hier?«

Und Todd sagte: »Wir können sonst nirgends hin.«

Später seufzte Marianne, und Todd fragte: »Weinst du?«

Und Marianne sagte: »Nein.«

»Todd«, sagte Marianne, »werden wir jemals heiraten und Kinder bekommen?«

Und Todd sagte: »Ich glaube nicht.«

Und beide spürten etwas.

»Todd«, sagte Marianne, »ich liebe dich. Ganz ehrlich.«

Und Todd sagte: »Du spinnst ein bisschen, aber ich liebe dich auch.«

Sie nahmen einander nicht an den Händen. Sie setzten sich auf eine Bank und sahen hinaus übers Wasser und hörten das Rascheln der Leute nicht, oder das Dröhnen des Verkehrs, oder die Regentropfen auf dem See. Sie hörten einander nicht atmen, spürten die Anwesenheit Gottes nicht. Sie hörten ihre schweren Gedanken und ließen sich auf die Bank zurücksinken und dachten ein bisschen nach.

Na ja, wenn es nicht das Meer war, so düster und grimmig. Wenn es nicht der Himmel war, der Schlimmste des Jahres. Wenn es nicht das Wetter war, bislang der kälteste Tag. Und alle, die drinnen waren und ihm entkamen. Und da waren sie, hässlich und elend, an einem ebenso hässlichen und elenden Tag, aber immerhin ein Tag, immerhin.

Der Dichter ging leise ins Schlafzimmer des Romanschriftstellers, während der Romanschriftsteller schlief und der Schlaf schwer wie ein Gestank aus seiner Nase kam. Der Dichter stand in der Tür, sah hin und stemmte sein Gewicht gegen den Türrahmen.

Er liebte seinen Mitbewohner. Aber nicht so. Es war vier Uhr morgens, und warum war er aufgewacht? Schlafen war eine Bürde für einen Mann wie ihn. Und doch war hier ein Mann, der die Nacht durchschlief.

›Er muss sich schuldig gemacht haben‹, dachte der Dichter, ehe er sich umdrehte und ins Bett ging. Während er durch den Flur tappte, fragte er sich ruhig: »Was tu ich hier in dieser Stadt? Selbst beim Blick hinauf in die Wolken habe ich das Gefühl, als wäre mir meine Fantasie abhanden gekommen.«

Am ersten Arbeitstag der Frau half ihr der Dichter mit den Kisten, doch beim Helfen sah er die ganze Zeit zur Seite.

»Wissen Sie eigentlich, dass das mein siebzigster krankgeschriebener Tag ist, seitdem ich hier angefangen habe?«

»Aber Sie sind doch hier«, sagte sie.

»Ja, ich weiß.« Und er ging zur Toilette und pinkelte Blut.

Als er wieder zurückkam, saß sie aufrecht da und tippte wie ein braves Mädchen in ihren Rechner. Sie hatte etwas kalkuliert Anmutiges, und das war es auch, weshalb er sich, mit mattem Blick und erschöpft, über die Trennwand beugte und ihr ins Gesicht sagte: »Kommen Sie doch nach der Arbeit mit. Ich zeig Ihnen, wo man hier schön was trinken gehen kann.«

»Ja, mach ich gerne«, sagte sie und sah hoch, und da war keine Arglist, nur ein großes rundes Lächeln und die hasserfüllten Augen, die nur Frauen verstehen.

Als der Arbeitstag zu Ende war, nahm er sie beim Arm und führte sie in die Pudel-Bar, die schmuddelig und anrüchig war und wo eine Frau aus einem parzellierten Großraumbüro nichts zu suchen hatte. Er sah sich um. Sie trug einen eng sitzenden BH unter ihren Sachen.

»Setzen Sie sich doch in dieses Separee«, sagte er und schob sie mit beiden Händen hinein, »und ich hole Ihnen ein Sodawasser.«

»Ich nehm einen Gin zum Sodawasser«, sagte sie hoffnungsvoll, und der Dichter ging schaudernd davon. Diese modernen Frauen. Sie hatten keinerlei Sinn für ihren fehlenden Anstand.

Als er mit den Drinks zurückkam, rutschte er ins Separee und begann vor Langeweile zu zucken, während er sich ihre Geschichte anhörte.

»Ich habe einen Mann und drei Kinder«, begann sie.

»Aber Sie sehen aus wie achtzehn«, sagte er düster und schwenkte seinen Drink. Ein Mann und drei Kinder. »Dann sollten Sie sich anders anziehen«, schloss er.

Sie runzelte die Stirn und schlürfte mit unverfälschter Wut ihren Drink. »Danke für das Getränk«, sagte sie, knallte das Glas hin und ließ im Gehen den Strohhalm von ihren Lippen fallen.

Als er an jenem Abend nach Hause kam, arbeitete sein Mitbewohner gerade wieder an seinem Roman. Er sah von seinem Rechner auf und winkte seinen Mitbewohner zu sich.

»Ich glaube, hier ist ein Käfer hinter der Scheibe«, sagte der Romanschriftsteller, zeigte an eine Stelle auf dem Bildschirm und zeichnete sie mit dem Finger nach.

»Seh ich nicht«, entgegnete der Dichter schielend vor Trunkenheit.

»Geh ins Bett«, sagte der Romanschriftsteller, und das tat der Dichter auch.

Als der Dichter erwachte, dachte er wieder an die Frau, die mit dem Mann und den drei süßen Kindern. Bestimmt wechselte sie genau in diesem Moment wie eine Irre ihre Windeln oder packte ihnen hektisch Butterbrote ein, ohne irgendwas zu denken, huschte bloß mit einem Telefon am Kinn durch die Gegend und quatschte mit ihrer Schwester in Ottawa.

›So ist es in der Politik gewesen, so ist es im Christentum gewesen und so ist es in jedem anderen Bereich menschlichen Denkens gewesen‹, dachte er und stand auf und zog sich aus und ging zur Dusche und holte sich kräftig einen runter und ging in sein Zimmer, wo er sich braune Sachen anzog, und ging im Regen zur Arbeit.

Als er ankam, war die Frau in der Parzelle schon da. Ihr Rücken war hochmütig und angespannt und sie hatte sich abgewandt. Doch während sie dasaß und seine Akten ordnete, wusste er, dass sie an ihn dachte. ›Sie kann nicht besser sein als ich‹, dachte er entschlossen. Ja, er würde sie zerstören. Diese Frau mit dem Mann und den drei süßen Kindern: Sie war auf der Suche nach einer Affäre, einer hübschen kleinen Romanze, er konnte es auf ihrer Haut riechen.

Und tatsächlich sagte sie neben der Kaffeemaschine um elf Uhr: »Ich würde gerne heute Abend mit Ihnen nach Hause gehen. Mich würde interessieren, wie Sie leben.«

»Das ist kein Anblick für eine Dame«, sagte er und ließ diese Information vor ihrer Nase hin und her baumeln. »Die Wohnung ist klein. Eine Männerwohnung. Ich bin Dichter, wissen Sie, ich lebe dort seit sieben Jahren alleine mit einem Mitbewohner, einem fiesen Typen. Die Frauen verlieben sich in ihn, aber er kann sie nicht lieben. Er ist Romanschriftsteller. Er ist sehr unordentlich.«

»Ich will mit dir nach Hause gehen«, sagte die Frau und drückte ihre Augen in ihn hinein und verschüttete den Kaffee.

An jenem Abend saßen sie um den Tisch herum: der Dichter, der Romanschriftsteller und die Frau aus der Parzelle. Die Frau aus der Parzelle sah die beiden mit leuchtenden Augen abwechselnd an. Der eine war so ruppig und still und dumpf wie ein echter Mann!, und der andere war so desinteressiert und fahrig und gereizt wie ein richtiger Mann! Sie war gerade im Begriff, sich in alle beide zu verlieben.

Der Romanschriftsteller, der sich aus Gründen, die ihm nicht klar waren, angegriffen fühlte, stand auf und verließ den Tisch und ging zu seinem Rechner und spähte hinein und sah wieder den Käfer hinter dem Bildschirm. »Verdammte Scheiße!«, rief er und knallte die Faust auf den Schreibtisch. Der Dichter sah betrübt drein und reagierte nicht.

Die Frau sagte: »Bitte erzähl mir was aus deinem Leben. Du bist bestimmt ein faszinierender Mensch. Ich habe noch nie einen Dichter kennen gelernt, außer in der Schule. Und ich weiß nicht mal, ob der überhaupt noch dichtet.«

Der Dichter sagte düster: »Erzähl mir nicht so was.« Dann: »Komm mit mir ins Schlafzimmer. Es ist mein Schlafzimmer und ich würde es dir gern zeigen.«

Die Frau legte ihre Gabel hin und folgte ihm. Sie war entzückt. Sie fühlte sich wie ein echter Bohemien. Sie wollte sich nackt ausziehen.

»Gut«, sagte er und knipste eine Lampe an. »Hier an meiner Wand siehst du zwei Briefe von Al Purdy, in denen steht, dass ich gut bin, aber nicht gut genug.«

Er saß auf dem Bett, das niedrig war, und spreizte die Beine und sah zu ihr hinauf, während sie in dem engen Raum auf und ab ging und alles betastete.

»Das da ist ein Foto von mir in Polen. Ich hab da an der Uni unterrichtet.«

»Du siehst sehr polnisch darauf aus.«

»Ich weiß.«

Er legte sich mit dem Rücken aufs Bett und sah an die Decke, die Hände hinter dem Kopf verschränkt. »Rauchst du?«, fragte er.

»Nein.«

»Geh doch mal bitte rüber ins andere Zimmer und hol mir von meinem romanschreibenden Mitbewohner eine Zigarette. Er müsste eigentlich ein Päckchen neben sich auf dem Schreibtisch liegen haben. Wenn er sich weigert, dir eine zu geben, oder einen Wutanfall bekommt, verlass sofort das Zimmer. Manchmal lässt er sich nicht gerne beim Schreiben stören.«

Die Frau verließ das Zimmer und ging durch den Flur und sah, wie der Romanschriftsteller gebückt vor seinem Rechner saß, tief in seinem Stuhl, und seine Finger in den Bildschirm drückte. »Komm her«, sagte er, als er ihre Schritte hörte, und sie ging auf seinen Schreibtisch zu und stützte ihre Hände auf und beugte sich mit durchgedrücktem Körper nach vorn. Er legte ihr eine Hand auf den Arsch, spürte, wie er sich unter ihrem Kleid bewegte.

»Siehst du einen Käfer?«

Sie hielt den Atem an, rührte sich nicht. Dann sah sie ausweichend zur Seite und sagte: »Ich bin gekommen, um dem Dichter eine Zigarette zu holen. Er sagt, du würdest Verständnis haben.«

»Klar hab ich Verständnis.« Betrübt zog er zwei Zigaretten aus der Packung und sie nahm sie. Sie verließ das Zimmer und ging wie betäubt durch den Flur auf den Dichter zu, und im Gehen fiel ihr ein Traum ein. »Einmal träumte ich, ich wäre in einem Zimmer mit anderen Leuten.«

Als der Dichter sie sah, setzte er sich aufrecht im Bett hin. »Mach die Tür zu«, sagte er. »Der Romanschriftsteller wird sonst eifersüchtig.«

Sie schloss die Tür und setzte sich neben ihn. Sie legte ihm die Zigaretten in die Hand. Ausdruckslos betrachtete er sie. Sie wollte, dass er sein Bein über sie warf, sie aufs Bett drückte, sie ohrfeigte und kräftig vergewaltigte.

»Zwei«, sagte er. »Er scheint dich zu mögen.«

»Ja. Er hat mir an den Hintern gefasst.«

»Lass sehen.«

Sie legte sich auf den Bauch und er inspizierte sie durch ihr Kleid hindurch.

Freeman nahm die gut gebaute Frau und fuhr und fuhr in seinem kompakten gelben Auto bis zu einer ländlichen Gemeinde, wo er sie heiratete. Obwohl sie damals zu lächeln schien, hätte er bei genauerem Hinsehen eine Spur Frustration entdecken können.

Sie ließen sich in Manshire nieder, wo sie ihm an ihrem ersten gemeinsamen Tag in ihrem nagelneuen Haus mitteilte, dass ihr jetzt schon langweilig sei, und wenn er sich nicht imstande sähe, ihr Unterhaltung zu bieten, wäre sie gezwungen, wegzulaufen. Sie hieß Sally. Sally hatte alberne kleine Träume, die sie für große Chancen hielt; das war ihre größte Schwäche.

Eines Samstagmorgens im Juni, als das frisch vermählte Paar schon drei Monate in seinem kläglichen kleinen Bungalow lebte, kam ein Vertreter an seine Tür und stellte sich als Eli vor. Sein Job sei es, sagte er, den Leuten genau das zu geben, was sie wirklich bräuchten. Schließlich wäre er doch ein schlechter Vertreter, wenn er den Leuten genau das gäbe, was sie wirklich nicht wollten. Haha. Was sei es denn nun, womit er ihnen dienen könne? Mit größtem Vergnügen würde er auf ihrem Wohnzimmertisch seinen Koffer öffnen und ihnen zeigen, was für ein ehrlicher und redlicher Mann er war. Sehen Sie? Keine Tricks.

Sally jedenfalls sah Freeman an und Freeman sah Sally an. Er zuckte mit den Schultern. Sie sagte ihm nachdrücklich, dass sie jemand bräuchten, um sie zu unterhalten; sie fing sogar an, den Mann, der ihr vorschwebte, in den buntesten und schillerndsten Farben zu beschreiben, wobei sie die unwichtigen Maße wegließ, zum Beispiel den Umfang seines Afters. Aber seine Augen müssten eisblau sein. Er dürfte niemals lächeln und müsste große kräftige Hände haben, die er niemals – oder selten – auf kräftige Weise benutzte. Seine Haut müsste toffeefarben sein und seine Lippen heller als die Haut. Die Haare auf ganz bestimmte Weise gelockt.

»Wird gemacht«, sagte der Vertreter und schloss mit einem Schnipsen seine Brieftasche. Er verließ ihr Haus mit einem Abschiedswinken und einem großen breiten Lächeln und wandte sich dann zur Straße. Als sie die Tür hinter ihm abgeschlossen hatte, setzten sich die beiden aufs Sofa. Sally fantasierte von ihrem aufwendigen Traum, der außerdem vorsah, dass sie als Prominente ganz groß rauskommen würde. Freeman lächelte ihr ins Gesicht. Sie war schön. Ganz egal, sie war die Frau, die er wollte.

Plötzlich drehte sich Sally zu ihm. »Du *weißt*, dass ich dich liebe, Freeman.«

Freeman lächelte und nickte. Er wusste es. Sie hatte ihn geheiratet und lebte jetzt mit ihm zusammen. Sie lebte mit ihm in ihrer beider Haus.

Eine Woche später stand der Vertreter wieder bei ihnen vor der Tür und hatte eine große Holzkiste dabei. Es war Sonntagmorgen, und da nur christliche Werke an einem Sonntag zu verrichten waren, riet ihnen der Vertreter, das Paket am besten nicht vor

Mitternacht zu öffnen. Aus Pietätsgründen; sie verstünden schon. Ob er jetzt sein Geld haben könne? Der Vertreter stand da und tippte mit dem Fuß und blickte säuerlich in den verhangenen Himmel, während Freeman einen Scheck über siebentausend Dollar ausstellte und dann leise die Tür zumachte.

Im Wohnzimmer war seine Frau bereits dabei, die Nägel aus der Kiste zu ziehen.

»Aber, aber, Sally, hast du nicht gehört, was der Mann gesagt hat? Er meinte doch, es wäre besser, diesen Tag den christlichen Werken vorzubehalten.«

»Halt's Maul, Freeman.«

Die Kiste sprang auf und vor ihr stand der Mann, den sie bestellt hatte, und zwar haargenau. Er trug dünne schwarze Unterwäsche und beide Arme hingen seitlich herab. Sein Gesicht zeigte keinerlei Regung. Sally warf den Kopf zurück und lachte und johlte vor Begeisterung. Es war das erste Mal, dass Freeman sie wirklich aufgeregt erlebte, und er hatte Angst. Rasch lief er in die Küche und rief seine Mutter an.

»Sally ist verrückt geworden, Mama!«, flüsterte er in den Hörer, eine halbe Meile von einem Heulanfall entfernt. »Mutter? Mutter?«

Seine Mutter war eine winzige achselzuckende Frau in einem kleinen Haus ganz weit weg, und was sie sagte, kam so schwach durch die Leitung wie ein Flüsterton auf einem Faden, so dass es Freeman auf einmal in den Sinn kam, dass sie bald tot sein würde.

Was sollten sie mit diesem Haus in Manshire, wenn in Jackson schon eins stand, das in bester Ordnung war! Seine Mutter lag im Sterben und musste in ihrem kleinen blauen Zimmer gepflegt werden! Er legte auf und rannte aus der Küche.

»Sally, wir müssen zurück nach Jackson!«, rief er. »Ich habe gerade mit meiner Mutter gesprochen und ich glaube, sie liegt im Sterben! Los, pack deine Sachen.«

Mit grausigem Gesichtsausdruck fuhr Sally herum. Sie hatte mit leuchtenden Augen dagestanden und voller Entzücken diesem Unterhalter die Brust gekrault und ihren Körper gegen seinen gepresst. »Fahr du«, sagte sie finster. »Deine langweilige alte Mutter ist mir scheißegal. Ich habe große Pläne.«

»Ach, Sally«, seufzte Freeman. Mit der Schwermut eines Ehemannes sah er sie an. »Du kannst sie ruhig mitnehmen, wenn du willst.« Dann trat er zögernd nach vorn und hielt dem Unterhalter seine Hand hin. »Ich bin Freeman«, sagte er und artikulierte jedes Wort überdeutlich, als wäre sie taub. Die Puppe wirkte ausdruckslos. Freeman drehte sich zu Sally und legte ihr die Hände auf die Schultern. Sie war zart und ihre Schultern hingen ein bisschen herab.

»Ich bitte dich, Sally, du willst doch bestimmt nicht, dass meine Mutter stirbt. Wir müssen los, heute Nachmittag, mit dem Auto.«

»Also gut«, sagte sie. »Aber erst muss ich ihm ein paar Kleider besorgen. Wir fahren in die Stadt. Gegen drei sind wir wieder da.« Und sie nahm den Unterhalter an die Hand und führte ihn wie ein Kleinkind auf die Straße.

Freeman stand im Eingang und beobachtete die beiden. Es war, als ob sie mit einem Hundert-Kilo-Baby gesegnet worden wären. Ein Mal zuckten seine Lippen, ehe er die Tür zumachte und hineinging und anfing zu packen.

Als Sally und der Unterhalter später am Nachmittag wieder da waren, hatten sie jede Menge Tüten dabei, vielleicht um die dreißig Stück, und viele von ihnen enthielten paillettenbesetzte Kleider und hochhackige Schuhe. Freeman fiel außerdem auf, dass Sally beim Friseur gewesen war und dass ihre Fingernägel jetzt rot waren. Als sie im Flur an ihm vorbeiging, tat sie es mit erhobener Nase, und sie wollte keine Fragen beantworten. Der Unterhalter war schick angezogen, doch seine Augen wollten sich nicht weiten.

Sie fuhren in dem kompakten gelben Auto über die Autobahn, der Unterhalter und Sally auf der Rückbank. Sie hatte die ganze Zeit den Arm um ihn gelegt. Als es noch ungefähr zwei Stunden bis Jackson waren, klappte Freeman das Dach herunter und der Wind fing an, sie zu umwehen, und Sally fing an zu kreischen: »Meine Haare! Meine Haare! Du Wichser! Du Bestie!« Also ließ Freeman rasch das Dach wieder hoch und fuhr beschleunigend weiter. Hinter ihnen sank die Sonne im Westen und alles war rosa. Sally fing an, im Flüsterton auf ihren Unterhalter einzureden.

Sobald sie in Jackson angekommen waren, lief Freeman hastig durch die Tür und hinein in das Haus seiner Mutter.

Er fand sie im Bett, zu einem blassen Skelett geschrumpft. Es war, als wäre da ein bisschen was in ihrem Körper, das sich an ihre Haut klammerte und versuchte, es durch ihre Knochen hindurchzuziehen. Freeman brach zusammen. Er kniete sich auf den Teppich neben dem Bett, bedeckte ihr Gesicht mit Tränen und Küssen, zog an ihren Händen und sah ihr in die Augen. Der Gesichtsausdruck seiner Mutter veränderte sich nicht.

»Leg dich zu mir, Freeman«, sagte sie, also stand Freeman auf und legte seinen warmen Körper neben sie unter die Decke und knuddelte sie und hielt sie im Arm. Er weinte ein paar salzige Tränen, während sie flach atmete, dann schlief sie ein.

Freeman strich behutsam ihre Haare zurecht und verließ das Zimmer, schloss die Tür mit einer langsamen respektvollen Drehung des Knaufs. Er ging hinunter in den Flur zu seinem Kinderzimmer und fand dort seine Frau auf dem Bett und den Unterhalter vor ihr. Sie hatte hochhackige Schuhe und einen Slip an und war gerade dabei, ihn auszuziehen, ihm die Hose über die Oberschenkel zu zerren. Freeman stand an der Tür und konnte kaum sehen, weil sich die Tränen in seinen Augen verfingen, doch er konnte die Nacktheit riechen.

»Ach, hau doch ab, Freeman«, sagte seine Frau.

Freeman schloss die Tür und ging hinunter ins Fernsehzimmer und legte sich aufs Sofa. Ein flauschiges weißes Hündchen kam ins Zimmer gelaufen. Er wusste gar nicht, dass seine Mutter sich ein Hündchen zugelegt hatte. Es trug ein Glöckchen unterm Kinn und sprang aufs Sofa und lief über Freemans Brust und fing an, ihm den Hals abzuschlecken. Es hatte die leuchtendsten eifrigsten Augen, die Freeman je gesehen hatte, und Freeman lachte.

Plötzlich hörte Freeman einen dumpfen Laut, und ruckartig fuhr er hoch und sprang die Treppe hinauf. Das Hündchen folgte ihm Stufe für Stufe.

»Mutter!«, rief er, doch vor ihrem Zimmer blieb er stehen. In der Tür standen Sally, die Augen groß und ängstlich, und der Unterhalter, der ihre Hand hielt, ebenfalls mit großen und ängstlichen Augen. Sie zerrte an seinem Arm, dann zerrte er an ihrem Arm, dann zerrte sie an seinem. Sie wirkten nicht älter als sechs Jahre; ein Bruder und seine Schwester im Zoo.

Der Mann mit den breiten Schultern und der dünnen Nase bog links in die Straße ein. Die Nacht war kalt in seinem Gesicht, und er steckte die Hände in die Jackentaschen und ging da hin, wo die Männer sein würden; sie würden beim Schachspielen sein, unter zu hellen Lichtern, in zu dichtem Rauch, und er würde den Drink serviert bekommen, den er wollte. Die ganze Woche hatte ihn niemand beim Namen genannt, und selbst in hundert Jahren wären da weder seine Frau noch er selbst oder sonst jemand, den er kannte. Irgendwann hatten gesunde Römer in den Himmel gesehen, dann war er da und eines Tages niemand mehr.

Einen Block weiter, und schon konnte er das schreckliche Schild sehen, weiß und fluoreszierend. Er wollte nichts als vielleicht zwei oder drei Drinks, aber nicht übernachten. Zu Hause stellte seine Frau zu viele Fragen und redete zu viel. Er schob die Tür auf, und der Raum war erleuchtet wie eine Turnhalle. Der Historiker spielte mit einem Kritiker Schach, während ein Kolumnenschreiber zusah, und der Mann ging direkt nach hinten und saß dabei, und ihre Zigaretten baumelten ihnen aus den Mundwinkeln wie Schwänze. Ein Mann sah mit gütiger Miene hoch.

»Rory.«

Das war das. Der Mann sagte: »Roggenwhiskey«, und der Kellner ging weg, und hinter dem Kellner war eine Frau im roten Kleid. Sie ging zur Bar und stellte sich aufrecht hin und sah zu ihm rüber. Er heftete den Blick aufs Schachspiel. Der Drink kam. Er trank ihn in einem Zug aus und heftete noch immer den Blick aufs Spiel.

Kurz darauf war er fertig und verabschiedete sich, dann tauchte er an der Frau vorbei und hinaus auf die Straße, wo beißende Kälte herrschte und seine Wangen nur einen halben Block weiter bereits rosa und kühl waren. In wenigen Augenblicken würde die ganze Welt weg sein, und zwar nicht so, wie es irgendjemand erwartete. Pärchen kamen aus den Türen und traten in die Nacht. Es war jene Tageszeit, zu der die Leute spazieren gingen und der Himmel blau war und man noch immer den Himmel sehen konnte. Er hörte ein Klappern hinter sich. Er blieb an einer Laterne stehen, drehte sich um und die Frau machte Halt, sah plötzlich hinunter und drückte ihre Hände in die Vorderseiten ihrer Oberschenkel.

»Sie hätten nicht gehen sollen, wo ich doch extra wegen Ihnen gekommen bin.«

»Warum nicht?«, sagte er, aber er wusste warum; weil sie extra seinetwegen gekommen war. Seine Augen tränten vom Gestank ihres Parfüms, und das schöne Paar mit dem lächelnden Baby, das er am selben Morgen gesehen hatte, würde vielleicht am nächsten Tag bei einem Unfall ihr Baby verlieren und alles in ihrer Welt wäre zerstört, und hier zog sie ihn am Arm, und auch sie hatte keine Wahl.

Das Licht veränderte sich und er wandte sich zur

Straße. Er dachte: ›Ich könnte mich in diese Windschutzscheibe pflügen und sie wären alle tot, das Auto würde sich überschlagen, mit fünf Toten.‹

Oder vielleicht wäre mit dem schönen Paar und dem Baby morgen alles in bester Ordnung, aber in sechs Jahren würde ihnen jemand das Baby entführen oder überfahren, und das wäre für immer das Ende ihres Glücks; alles wäre anders, und das völlig ohne Grund.

Sie holte ihn jetzt ein. Er hatte ohne es zu merken die Straße überquert.

»Kommen Sie bitte mit mir. Ich will nicht alleine sein.«

Er hatte keine Lust, zu ihr zu gehen. Er mied Frauen, doch jetzt folgte er ihr in ein Viertel, das er kaum kannte, schmutzig von Einwanderern und Fahrrädern. Jetzt hatte er sie geknackt. Zwei Mal drehte sie sich um und zeigte ihm Lokale, wo sie gern essen ging, aber das beeindruckte ihn nicht. Er sagte nichts, hielt nur die Augen offen.

Sie drehte das Schloss in einer Tür neben einer Bäckerei, und er ging vor ihr ein schmales Treppenhaus hinauf. Sie war nervös gewesen und hatte ihm den Vortritt gelassen, und das Treppenhaus war dunkel und ganz oben schien trübe ein einzelnes blaues Licht. Als sie ihre Etage erreichten, gab es drei Türen, und sie drückte sich an ihm vorbei und öffnete eine davon. Die Wohnung war im orientalischen Stil gehalten. Es gab Fächer und Schirme und bunte chinesische Püppchen und bedruckte Kissen mit Drachen und winzige orangefarbene Fische in einer großen runden Schüssel; es war ihm gleichgültig. Nichts davon kam ihm real vor, und sogar als er sich aufs Sofa fallen ließ, sank es zusammen mit seinem Körper, und sie wurde von einer glühenden Plastikkugel erleuchtet. Sie ging hinüber zum Fenster, das groß war und ohne Vorhänge, und sie lehnte sich ihm gegenüber an die Fensterbank. Wie ein Heiligenschein über ihrem Kopf und Oberkörper waren die nächtlichen Lichter: Flugzeuge mit blitzenden blauen und roten Lichtern, die am Himmel vorüberschossen, und andere umherwirbelnde Dinge; ein Mond, ein Planet, helle Sterne. Seine Augen verschwammen dicht und schwindlig hinter den Haarsträhnen, die verworren waren wie Draht und Fell.

Von seinem ersten Tag in der Stadt an war der Mann auf der Suche nach einem netten Mädchen gewesen, mit dem er schöne Zeiten verleben konnte, aber keines der Mädchen wollte ihn haben. Er wusste nicht genau warum, vermutete aber, dass es mit seinem Status zu tun hatte. Die Kellnerin, die ihn bediente, bestätigte dies, als sie ihn Penner nannte, obwohl er nicht auf der Straße lebte und im Besitz zweier Anzüge war.

Erst als sein Mitbewohner den Grund für seine Trübsal herausfand, rief er ein Mädchen an, das er mal im Park kennen gelernt hatte, und lud es zu einem Abendessen ein, zu Schweinefleisch und Kartoffelbrei mit Muskat.

Es war ihr hochliegendes Hinterteil, das ihr auf geheimnisvolle Weise bis zur Taille reichte, an dem der Mann sah, was sie für ein nettes Mädchen war, und wie angenehm es sein würde, mit ihr schöne Zeiten zu verleben. Sie hatte außerdem ein süßes Lächeln und ein paar wirklich lustige Sprüche auf Lager, und immer wenn sie lachte, strömte die Sonne mit einem letzten sterbenden Strahl zum Fenster hinein. Der Mitbewohner, dem das alles auffiel, legte unermüdlich gute Songs auf, und am Ende des Abends tanzten der Mann und das Mädchen zusammen und sie lachte ihm in die Schulter – ein gutes Zeichen.

Morgens saß sie in einem Jeanshemd und der Unterwäsche vom Vortag auf seinem Sofa, und ihre

Stimme wirkte tief, als sie sagte: »Ich komme zu spät zur Arbeit.«

»Aber es ist Sonntag.«

»Trotzdem«, sagte sie und sah zum Fenster hinaus, und das Grau des Tages überzeugte sie. Sie spazierte in sein Zimmer, fand ihr Kostüm und zog den Reißverschluss zu und verließ mit achselzuckendem Abschiedsgruß die Wohnung. Als er ihr auf dem Weg zur Bushaltestelle mit dem Blick folgte, wusste der Mann, dass dies nicht das Mädchen sein würde, das dazu angetan war, schöne Zeiten mit ihm zu verleben. Schwierig zu erklären.

Nachmittags spazierte er die Promenade hinunter, trank einen warmen Softdrink aus einem rotweißen Becher, der außen mit Wachs überzogen war und allmählich schmolz, als ihn ein Mann mit Hund einholte und ihm den Arm um die Schulter warf und unbeschwert fragte, was denn mit ihm los sei.

Der Mann, der neu war in der Stadt, erschrak, denn er rechnete nicht damit, dass sich Städter umeinander kümmerten, aber er antwortete: »Na ja, die Frau, die gestern Nacht bei mir war, schien mich wirklich zu mögen, aber heute Morgen ist sie weg, ohne mich wiedersehen zu wollen.«

»Das kenn ich. Ich hab das schon an deiner sorgenvollen Miene gesehen, dass du Sorgen wegen einer Frau hast. Du solltest heute Abend dahin kommen, wo ich arbeite, bei mir auf der Arbeit gibt's nämlich jede Menge hübsche Frauen.«

»Wo arbeitest du denn?«

»In einem Club.«

»O nein«, sagte der Mann, der aus einer Kleinstadt stammte. »Ich wollte damit nicht sagen, dass ich eine Frau dafür bezahlen will, damit sie sich auszieht.«

Als er am selben Abend in einem Separee an der Wand saß, setzte sich eine hoch gewachsene üppige Frau mit roten Haaren zu ihm. Wenn sie sprach, war ihre Stimme leise und mädchenhaft, und wenn er antwortete, leuchteten plötzlich ihre Augen, da sie genau gemerkt hatte, was für ein guter Mann er war. Falls ihn ihre Zuwendung tröstete, ließ er sich jedenfalls nichts anmerken, und fuhr fort, sich Drinks zu bestellen, die sieben Dollar kosteten.

»Die nächste Runde geht aber auf mich«, sagte sie und rückte ihren Körper so zurecht, dass sich ihre Brüste parallel zum Tisch befanden. Dies entging dem Mann nicht.

»Wollen Sie heute mit mir nach Hause gehen?«, fragte er.

Misstrauisch geworden, fragte sie: »Ich dachte, Sie wären anders, das hat mir jedenfalls Henry erzählt, und jetzt fragen Sie mich das, was mich alle fragen.«

»Ich schäme mich ja so«, entgegnete er freimütig. »So war das nicht gemeint, aber ich bin nicht gern allein, und Sie scheinen eine nette Frau zu sein, mit der man gerne schöne Zeiten verlebt oder sich nur auch unterhalten kann.«

Ihr kam das aufrichtig genug vor, und sie war gerührt, dass überhaupt nichts Brutales an ihm war; vielleicht hatte Henry ja Recht gehabt. Sogar ihre so genannten Schwestern, mit denen sie rasch im Hinterzimmer Rücksprache hielt, nickten zustimmend, als sie seinen bescheidenen Blick sahen, den er in erster Linie auf die Einrichtung lenkte.

Die Wohnung war klebrig von der Hitze, und es dauerte nicht lange, bis sie in ihrer Unterwäsche auf seinem Bett lagen, und er erzählte ihr, wie es kam, dass er in so jungen Jahren Witwer geworden war, was gelogen war, denn er war weder jemals verheiratet gewesen, noch hatte er mehr als ein Mal eine richtige Beziehung gehabt. Da sie, als sie ins Hinterzimmer gegangen war, um ihre Straßenkleider zu holen, bemerkt hatte, wie er die anderen Tänzerinnen gar nicht bemerkt hatte, glaubte sie ihm; sie glaubte ihm jedes Wort. Manche Damen hatten schlichte Methoden, um einen guten von einem schlechten Mann zu unterscheiden, und ihre Methode war so bescheuert wie jede andere.

Ziemlich bald blies sie ihm einen und gab sich alle erdenkliche Mühe, weil er so konsequent keinen Spaß daran zu haben schien. Als er sie nahm, tat er es so behutsam und mit der Aura eines Depressiven, dass sie ihm nur noch mehr vertraute.

Kaum drei Wochen waren vergangen, als sie beschlossen, zusammen in eine Wohnung zu ziehen, was zu Spannungen zwischen dem Mann und seinem Mitbewohner führte, bis Ersatz gefunden worden war.

Ihr gemeinsames Leben war ein sanftes Leben von großer Zartheit und Rücksicht, da der Mann ihnen beiden Leid tat und es ihn in große Verwirrung stürzte, dass seine Trübsal nicht durch die Anwesenheit dieser rothaarigen Frau behoben wurde.

Da sie beide tief im Herzen damit rechneten, dass die Frau schwanger werden würde, war es nicht sonderlich überraschend, als sie es tatsächlich wurde. Er streichelte ihr lediglich den Arm, während sie quer über dem Fußende des Bettes lag und wegen ihrer Finanzen weinte. »Ich muss zu meiner Schwester ziehen«, sagte sie zu ihm. Sie war alles andere als begeistert von der Idee, als Tänzerin ein kleines Kind zu haben. »Willst du nicht mitkommen?«, fragte sie.

Dieser Vorschlag beunruhigte ihn und er begann, lange Spaziergänge zu unternehmen. Ihre Schwester lebte in einer kleinen Stadt mit einem Mann und drei Kindern, und der Mann, der von außerhalb stammte, war doch absichtlich aus seinem Ort weggezogen und kaum ein Jahr in der Stadt. Wenn er jetzt so darüber nachdachte, war die rothaarige Frau eigentlich kein allzu schwieriger Fang gewesen; so schwer war es nicht, in einer Metropole ein Mädchen zu finden, mit dem man schöne Zeiten verleben konnte – er begriff nicht, warum ihm das nicht schon früher aufgegangen war. Er lehnte ab, und sie verließ ihn mitsamt Gepäck und Tränen.

Aber beim zweiten Mal war es nicht mehr ganz so einfach, ein nettes Mädchen zu finden, und der Mann wurde bald einsam. Nach zwei Monaten musste er sich einen Mitbewohner suchen, aber der Einzige, den er finden konnte, stank und war jung und hatte einen Bauch, der ihm auf anstößige Weise aus der Hose hing. In dieser Situation wurde der Mann noch einsamer als vorher, und eines Tages um ein Uhr nachmittags beschloss er, die rothaarige Frau zu besuchen. Als er auf dem Weg zum Bahnhof an einem Springbrunnen vorbeikam, sah er ein knapp zwanzigjähriges Mädchen, das blond war und von dem er annahm, ihm würde die Gesellschaft eines Mannes wie ihm gefallen. Er schleppte es in den Park und riss ihm zwei Drittel seiner Haare aus.

Ein altes Männlein lebte in einem Haus mit spitzem rotem Dach auf einem Hügel in Dubrovnik. Eines Tages kam eine Frau, und obwohl er sie erst nicht erkannte, fiel es ihm jedenfalls wieder ein, als sie anfing zu sprechen.

»Du bist die Frau, die ich beinahe geheiratet hätte«, sagte er.

»Ja, richtig«, sagte sie. Und sie saßen auf der Veranda auf zwei Stühlchen und blickten den Hügel hinunter über die Stadt.

»Jetzt siehst du aus wie eine alte Frau«, sagte er.

»Nachdem du mich vergewaltigt hast, sind meine Haare grau geworden.«

»Tatsächlich?«

»Innerhalb einer Woche.«

Dazu nickte er und lehnte sich zurück und sagte: »Willst du an den Strand gehen?«

Sie sagte, in Ordnung, ihretwegen, also standen das alte Männlein und das alte Mütterlein auf und gingen den Hügel hinunter zur anderen Seite durch ein Dickicht von Bäumen, und da war der Strand, der zum Meer führte, und der Tag war kalt, und das alte Männlein und das alte Mütterlein waren warm.

Sie sagte: »Es ist wunderschön, wirklich. Schau doch nur, wie zerklüftet es aussieht.«

Und er sagte mit lauter Stimme: »Ich finde es eigentlich ziemlich ruhig«, und da standen sie und beobachteten es und versuchten zu ergründen, wer Recht hatte.

Kurz darauf wandte er sich zu ihr und sagte: »Gibt es im Moment einen Mann in deinem Leben? Kinder?«

Und sie sagte: »Niemanden. Ich bin ganz allein und es gibt niemanden, der auf mich aufpasst, und ich bin nicht einsam, aber alleine bin ich dennoch.«

Er wandte sich zum Wasser und sah das kleine Fischerdorf auf der anderen Seite des Meeres, und er sagte: »Natürlich bist du einsam.«

Sie sagte kein Wort.

»Lass uns am Ufer entlanggehen«, sagte er, aber sie wollte nicht.

Er wandte sich zu ihr und sagte: »Warum nicht?«

Und sie sagte unumwunden: »Ich *will* nicht mit dir am Ufer entlanggehen.«

»Nun, dann gehe ich eben ohne dich am Ufer entlang. Du kannst ja einfach hier stehen bleiben, wenn du willst.«

Und sie sagte: »Ich will.«

Also ging er los, und sein Rücken war gebrechlich, aber er hatte ein paar Muskeln, die sie durch sein Hemd hindurch sehen konnte, und er ging mit stolzem Schritt, wenn auch ein bisschen mühsam, und sie hörte auf, ihm nachzublicken, und sah stattdessen, wie die Wellen immer zerklüfteter wurden.

Sie wollte nicht ganz alleine da herumstehen. Es war albern. Es war einsam. Sie hatte genug vom Wasser gesehen. Sie beobachtete ihn und beobachtete seine Füße auf den kleinen Steinchen, und sie dachte daran, wie sich seine Aussicht ständig veränderte und wie ihre immer gleich blieb; auf der rechten Seite der Strand, der das kleine bisschen nach links bog, und auf der linken Seite der kleine Priel, der sich mit Muscheln gefüllt hatte.

Und er lief ziemlich weit und dachte verärgert: ›Ja, ja, sie ist noch nicht mal mitgekommen.‹ Er wollte zurückgehen und sie am Arm packen, sie mit sich ziehen, sie zwingen, am Ufer entlangzugehen, aber der Gedanke verschwand aus seinem Kopf, während er sich umdrehte und in ihre Richtung zurückging, wo sie stand und vor sich hin starrte, immer noch am selben Fleck, stur, wütend.

Er erreichte ihr Gesicht. Da waren ihre Gesichter. Da waren ihre Körper. Da waren ihre Zehen.

Sie sagte leise: »Ach, ich weiß auch nicht, warum ich gekommen bin. Es schien ein guter Tag dafür zu sein. Aber jetzt bin ich müde, verstehst du, ich muss los. Du bringst mich doch zum Bahnhof?«

Und er sagte: »Natürlich, gern.«

Doch weder sein Pferd noch sein Karren wollten anspringen und auch nicht sein Traktor, und dann sagte sie traurig, als könnte sie es nicht ganz glauben oder als täte sie nur so wehmütig: »Tja, dann werde ich eben laufen.«

»Bis irgendwann«, sagte er hoffnungsvoll. »War schön, dass du vorbeigeschaut hast. Tut mir Leid, dass du kein Zuhause hast.«

Mitten auf der Straße um zwei Uhr morgens machte der junge Mann mit dem Mondschein in den Haaren seiner Freundin eine furchtbare Szene.

»Wieso Zeit? Wer braucht Zeit?«

»*Ich* brauche Zeit«, sagte die Freundin.

Er schüttelte den Kopf und ging, blieb jedoch in einiger Entfernung unter einer Straßenlaterne stehen. Ein alter Mann hatte sich dagegen gelehnt, und er rückte sich den Hut schief und sagte grinsend: »Die Anordnung einer langen Lehrzeit hat nicht den Erfolg, die jungen Leute zum Fleiße zu gewöhnen.«

In der Dunkelheit formte der Mann eine Träne. »Ich weiß«, sagte er. »Und offenbar ist es ein anderer Mann.«

»Das ist doch immer so.« Doch ehe der junge Mann mit seiner Geschichte anfangen konnte, winkte ihn der alte Mann mit sich. »Komm, ich will dir was zeigen.«

Sie liefen zwanzig Minuten lang schweigend durch die verlassenen Straßen der Stadt. Keine Autos fuhren vorbei, der Mond hing tief und der jüngere Mann dachte gelassen an Anne, die beste Freundin seiner Freundin.

»Eine Zweitbeziehung kommt niemals gelegen«, sagte der alte Mann. Vor einem kompakten Haus am Ende einer Gasse blieb er stehen.

Im Haus war es warm und kahl. Auf einem Klappstuhl entdeckten sie eine Frau, die Stella hieß und nicht nur Wahrsagerin, sondern auch sehr eitel war. Der alte Mann sagte: »Das ist mein Freund. Er sieht gut aus, oder? Aber er macht so ein furchtbar trauriges Gesicht, also habe ich ihn mitgebracht, um ihn ein bisschen aufzuheitern.«

»Setz dich«, sagte Stella.

Der junge Mann setzte sich sacht. Es gab keinen Grund zu stehen.

»Ich bin eine junge, unverheiratete Frau und gehe arbeiten, damit mein Mann studieren kann«, sagte die Wahrsagerin. »Es bleibt wenig Zeit zum Lernen, aber jede freie Minute verbringe ich mit Lesen und Denken. Mein Leben ist doch insofern ein wenig einsam, als es schwierig ist, unter meinen Mitmenschen Leute zu finden, denen der Sinn danach steht, über das übliche Geldverdienen und Geldausgeben und derlei hinaus zu denken und zu diskutieren. Ich bin jung, aber diese Jahre sind voller ungewöhnlicher Erfahrungen gewesen.«

Der junge Mann betrachtete ihr Gesicht. Es war erschöpft und weich und gar nicht wie das Gesicht einer jungen Frau. Er sagte nichts, aber Stella auch nicht, und der Mann, der ihn mitgebracht hatte, auch nicht, also sagte er: »Sie lügen.«

Es gab einen kleinen Leerlauf, der alte Mann hustete, und der junge Mann blickte sich um. Stella erhob sich von ihrem Stuhl und setzte sich wieder. Der alte Mann wandte sich zum Fenster. Stella machte einen Knopf richtig zu. Eine Frau ging vorbei.

Der alte Mann sagte: »Sie ist wegen dir gekommen.« Der junge Mann drehte sich in seinem Stuhl um und sah, wie die Frau, die ihn verlassen hatte, jetzt die Stufen hinaufkam, jetzt an der Haustür klingelte, jetzt hereinkam zu dem schiefen und gastfreundlichen Hut des älteren Mannes.

»Tut mir Leid, John«, sagte sie. »Ich hab über alles nachgedacht.«

Der jüngere Mann war unzufrieden und ungerührt.

»Ich will mit dir zusammen sein.«

»Nein«, sagte er und war sich seines Widerstands bewusst. Seine Eingeweide fühlten sich steinern an.

Sie fragte ihn: »Nein?«, beschämt und ängstlich. Ihre Augen füllten sich mit Tränen.

»Ich glaube nicht«, sagte der junge Mann. »Meine Mutter war früher genauso jung wie du. Dann bekam sie drei Kinder und lebt jetzt allein.« Er verließ sie durch die offene Tür.

»Setz dich, Liebes«, sagte Stella.

»Nein!«, rief die Frau. »Mir bricht das Herz und ihr seid schuld! Ihr mit eurem Gequatsche!«

»Du darfst ihn nicht drängen«, sagte der alte Mann und zog sich den Hut hinunter. »Ein junger Mann braucht Zeit, um sich über seine Gedanken klar zu werden.«

Der Mann schob die drei Kühe hinaus auf die Wiese. Er ließ sie dort zum Sterben zurück.

Er ging wieder zum Haus und schloss hinter sich das Gatter. Gleich würde das Gewitter losgehen.

Er sah, dass seine Frau auf ihn wartete, Hände in den Hüften. Als er auf sie zukam, sah er, dass sie lächelte. Als er zur Veranda kam, blickte sie missbilligend.

»Was du da machst, gefällt mir nicht«, sagte sie und ging ins Haus und zog die Tür hinter sich zu. Das würde sie ihm niemals verzeihen.

Der Mann stand auf der Veranda und sah, dass die Kühe jetzt im Kreis herumliefen, voneinander weg und zueinander hin.

»Martha!«, rief er laut, aber sie kam nicht. Sie sollte es doch sehen. »Martha!«, rief er wieder, aber sie kam immer noch nicht. Gerade wo er ihr etwas Schönes bieten wollte, wies sie ihn zurück.

Die Gewitterwolken zogen heran und es fing an zu regnen. Der Regen war heftig und kalt und prasselte auf alles nieder. Er rannte ins Haus, ließ dabei die Tür auf. Sie saß am Kamin und strickte.

»Martha, komm, es geht gleich los.«

Sie sah nicht auf. »Ich will nicht«, sagte sie und strickte weiter. Es donnerte. »Du tust diesen unschuldigen Tieren weh.«

»Es wird eine fantastische Show!«

»Ich will sie nicht sehen.«

Er seufzte und ging wieder hinaus, schloss hinter

sich die Tür. Die Tiere lagen verkohlt und tot auf der Wiese. Er hatte alles verpasst; wie die Blitze aus dem Himmel schossen und wie sich drei davon in die Kühe bohrten.

Er ging wieder hinein und setzte sich ihr gegenüber auf einen Stuhl.

»Und?«, sagte sie.

»Ich hab's verpasst«, sagte er und sah ihr ins Gesicht. Nach ein paar Minuten des Sitzens stand er auf und ging in die Küche. Dort fand er zwei Scheiben Brot und ein bisschen salzige Butter. Er beschmierte sie dick mit Butter und nahm sie mit ins Bett. Er saß am Rand der Matratze und nahm einen Bissen vom Brot, legte dann die Scheiben auf den Boden und ging ans Fenster und stand da.

»Wär 'n herrlicher Anblick gewesen«, sagte er und drückte sich die Nase am Glas platt. »Jawoll. Ein herrlicher Anblick.« Er war verdammt traurig, dass er es verpasst hatte.

Das Ende des Tages wird kommen. Wie sich der Mann mit dem Hut davor fürchtet. Wie er sich an seine Zeitung klammert und mit angespannten Beinen durch die Straßen läuft und, nein, überhaupt nicht daran denkt.

O wie alles keine Rolle spielt, wenn Tatsache ist, dass eines Tages der Blitz kommen wird, und weder die Priester werden ihn aufhalten können, noch die Prominenten.

Das war nämlich so: Der Mann mit dem Hut saß neulich an einer Bar, an der besten Bar der ganzen Stadt, mit den besten Leuten zum Plaudern, und er hatte es über irgendeine »Braut auf Bestellung«, die er sich eventuell aus den Honduras oder vielleicht auch aus der Dominikanischen Republik kommen lassen wollte, das müsste er noch sehen. Während sich die anderen ihre Brotkrümel von den Lippen leckten, dachte er sich dann:

›Die Atemlosigkeit des Publikums schlug in ein gewaltiges Gelächter um, das alsbald von Beifallsklatschen erstickt wurde. Um die Wahrheit zu sagen, schloss ich, ich hatte es beinah geahnt.‹

Dann die typische Säuferstimme: »Erzähl uns eine deiner Geschichten, Joe.«

»Ich habe euch gerade eine meiner verfluchten Geschichten erzählt!« Mit einem Brüllen stand er auf und schüttelte die Faust, spähte um sich und suchte Streit.

»Raus hier, du Penner.«

Also zog der Mann mit dem Hut wieder durch die Straßen und sah hinauf in den Himmel, wo die Sterne leuchteten, und er fühlte sich so richtig wie ein Stück Scheiße. Wenn ihn ein Kind in diesem Zustand sähe: Streit suchen, wo doch die Sterne am Himmel standen! Und vergaß er nicht andauernd die Sterne am Himmel? Was für ein Recht hatte er dazu? Und wusste er denn etwa nichts vom Sinn und von der Schönheit der Welt, obwohl er bloß ein einsamer Wicht war? Diesmal würde er nicht so einfach davonkommen, o nein!

Und einen Block später: »Was die körperliche Arbeit von Literaten betrifft, habe ich meine Bedenken. Diese sollten jedweder öffentlicher oder privater Verantwortung enthoben sein. Ihnen ist jeder Grashüpfer eine Last. Ich bewache meine Launen so eifrig wie ein Geizhals sein Geld; denn Gesellschaft, Geschäfte, meine eigenen häuslichen Aufgaben verstimmen mich und machen mich zum Schreiben untauglich. Ich bin der Ansicht, ein Schriftsteller solle nicht heiraten; solle keine Familie haben. Ich bin der Ansicht, die römisch-katholische Kirche mit ihrer zölibatären Geistlichkeit und den Mönchszellen hatte Recht. Wenn er denn heiraten muss, so sollte vielleicht als am glücklichsten geschätzt werden, wer einen Drachen zur Frau hat, eine bissige, häusliche Dame, welche die gesamte Führung des Haushalts auf sich nehmen kann und will, und, da sie einen Begriff davon hat, dass ihr Philosoph am besten in seinem Studierzimmer aufgehoben ist, ihn dazu anhält, sich nicht in ihre Verrichtung einzumischen.«

Ach, diese verfluchten Gedanken! Was waren seine verfluchten Gedanken schon wert? Das war's! Es war doch zwecklos, zum Im-Erdboden-Versinken und zum Verzweifeln!

Der Mann mit dem Hut legte sich bäuchlings auf den Bürgersteig; aber was nützte das? Es war drei Uhr morgens, und wer würde schon vorbeikommen, um ihn zu verprügeln oder auf seinen Rücken zu treten?

Wie eine Schildkröte kroch er zur Mitte der Straße. Einfach überfahren, und zwar zack, zack, Leute! Der Tag würde kommen, aber wieso zum Teufel sollte ausgerechnet er am Leben bleiben, mit seinem Gequatsche über Bestellbräute von den Honduras oder Barbados oder aus der Dominikanischen Mistrepublik. Schöne Mädchen verliebten sich grundsätzlich nicht in ihn, und seine Gedanken: Ach! Seine verfluchten Gedanken waren Schrott. Lass es heute Nacht zu Ende gehen!

Mööööööööööööp!

Hektisch krabbelte er von der Straße wie ein erbärmlicher Feigling, als die Hupe und das Auto an ihm vorbeischossen, und ein rotgesichtiger Mann beugte sich aus dem Fenster und brüllte: »Mach, dass du von der Straße runterkommst, du verdammter Wichser!«

Was für ein Recht hatte er, sich umzubringen, wenn der Himmel voller Sterne stand, die alle unschuldig funkelten und ihn nicht beachteten und überhaupt nichts beachteten. Sie hingen so weit weg und waren so wunderschön, und was tat er, legte sich auf die Straße, um sich überfahren zu lassen, und meinte es nicht mal ernst.

Am nächsten Tag schien die Sonne, und er erwachte auf einer Parkbank mit einer Flasche in der Hand. Sofort machte er sich auf den Weg zu seinem Freund Jim.

Während Jim im Nebenzimmer war und Makkaroni und Käse kochte und einfach nur zuhörte, saß der Mann mit dem Hut auf Jims Sofa, ließ den Kopf hängen und erzählte seine Geschichte wie ein Mann, der sich schämt. Jim unterbrach ihn, stapfte mit erhobenem Holzlöffel ins Zimmer.

»Erzähl mir ein Mal die Wahrheit, du verfluchter Idiot.«

Oh, wenn das nicht schon das Ende der Welt war! Der dreizehnte November. Noch anderthalb Monate bis zum Ende der Welt, und alle außer ihm hatten schon Ende-der-Welt-Pläne. Er hatte noch gar nichts vor.

Der Mann mit dem Hut fing an zu schluchzen, und Jim ging weiterrühren. Jim mochte es richtig sahnig. Wenn es nicht richtig sahnig war, war es einfach nur scheiße. Sein Freund hatte die ganze Nacht auf einer verfluchten Parkbank zugebracht. Jims Freundin kam in einem Männerhemd ins Zimmer und sah so verflucht nach Sex aus, dass der Mann mit dem Hut stöhnte und sein Gesicht in den Händen vergrub.

»Na, Jungs, wie sieht's aus?« Ihre Stimme klang wie die eines sechsjährigen Mädchens, jedes Wort am Ende nach oben geschwungen. Sie schob sich ihre weichen Haare hinters Ohr und lehnte sich gegen den Heizkörper und entblößte ihr Bein bis zur Hüfte. Sie lächelte den Mann mit dem Hut mit großen Lippen an, und in ihrem Kopf dachte es: ›Du Verrückter verlässt mich in der schönsten Stimmung meines Lebens, in der Phase meines Liebens, die am wahrhaftigsten, am leidenschaftlichsten ist und in der ich am meisten leide.‹

Jim, der ihr jederzeit seinen Schwanz reinstecken und ihre exquisiten Titten morgens, mittags und abends befühlen konnte, ging mit dem Holzstock auf sie zu und drohte ihr, dass sie sie verflucht noch mal in Ruhe lassen solle, sonst – er machte eine jähe Bewegung mit dem Stock, der ihr den Atem nahm, und sie ging duschen, brav und erregt.

»Komm«, sagte Jim, und der Mann mit dem Hut kam, noch immer mit gesenkten Augenlidern, an den Tisch.

»Du musst dein Leben in den Griff kriegen«, sagte Jim.

»Was heißt das?«

»Na toll, wenigstens kannst du mich hören. Dann pass mal auf: Du bist ein Penner. Ist dir nicht klar, dass du eines Tages sterben wirst? Und wen wird das kratzen? Etwa Marjorie?«

Marjorie sonnte sich gerade in Seife.

»Gott«, sagte der Mann mit dem Hut. »Also gut. Ich erzähl dir jetzt mal die Wahrheit über die ganze Sache, soweit ich das kann.«

»Ich will keine Wahrheit!«, rief Jim. »Was hat die Wahrheit damit zu tun? Das ist ja genau dein Problem, Mann, und das ist das Problem mit deinem Leben. Vergiss die Wahrheit. Die Wahrheit hat nichts mit deinem Leben zu tun. Bist du ein verfluchter Philosoph oder was? Machst du irgendwas? Du läufst durch die Straßen und denkst über dich nach, denkst über die Wahrheit nach. Hast du in der Schule nichts gelernt?«

»Was meinst 'n du zum Beispiel?«

»Das kann doch nicht wahr sein.«

Sie aßen ihre Makkaroni und Käse, und Jim war so angewidert von dem Mann mit dem Hut, dass ihr Mittagessen unerträglich war, total unerträglich. Sie konnten sich nicht unterhalten. Sie mussten raus ins Freie, das ausgedehnter und gnädiger war.

»Los, lass uns gehen«, sagte Jim, und die beiden Männer gingen und die Schlampe sang noch immer unter der Dusche, und dem Mann mit dem Hut wurde davon aufs Neue kribbelig vor Wut.

Draußen gingen sie, und der Mann mit dem Hut

beruhigte sich, denn er war immer schon zu Fuß gegangen, und Jim sagte mit besonnener Stimme, während seine Haut die Sonne absorbierte: »Also gut, pass auf. Worauf ich hinauswill. Du musst dir darüber klar werden, was du willst, und dann musst du einen Plan fassen, wie du das erreichen willst.«

»Einen Plan!«, greinte der Mann mit dem Hut.

Geduldig sagte Jim: »Du bist doch zu mir gekommen, oder? Oder?«

Sie schlenderten in einen Park, und jetzt saß der Mann mit dem Hut auf einer Bank und Jim saß vor ihm auf dem Rasen, und sie teilten sich eine Zigarette.

»Das Leben«, sagte Jim und betrachtete die Bäume, »dreht sich um nichts anderes als um Pläne und Handlung, Pläne und Handlung. Wenn du keinen Plan hast, kannst du auch nicht handeln. Und wenn du irgendwas machst, das nicht zum Plan gehört, wie nennen wir das? Scheiße bauen.«

Scheiße bauen! Das war es also, womit er sich die ganze Zeit beschäftigte! Der Mann mit dem Hut litt Qualen. Er rollte sein Gesicht zum Himmel hinauf.

»Meine Worte machen Eindruck auf dich«, sagte Jim ermunternd. »Meine Worte leuchten dir ein. Gut. Mehr musst du gar nicht wissen. Was ist dein Plan? Was willst du, Junge!« Jim knallte ihm die Hand aufs Knie und sah ihn durchdringend an.

Der Mann mit dem Hut dachte nach, dachte nach.

Jim betrachtete ihn eingehend und überlegte: »›Ihr müsstet wie ich‹, sagte Goethe, ›seit fünfzig Jahren die Kirchengeschichte studiert haben, um zu begreifen, wie das alles zusammenhängt.‹«

»Also gut«, sagte der Mann mit dem Hut. »Ich habe einen Plan. Ich werde nach Hause gehen und schreiben, und ich werde fünfzig verfluchte Tage lang schreiben, bis mir die Haut durch die Fingerspitzen kommt. Und dann schmeiße ich jedes Wort raus, das gelogen ist. Und dann schick ich das Ganze an die *Antigonish Review*. Aber so richtig edel, mit Computer geschrieben und so.«

Jim dachte an Dolores.

»Du schaffst es doch nie«, sagte Jim durch seine Lippen hindurch. »Du hast mir überhaupt nicht zugehört.«

In der Nacht hing der Mond da wie eine Kugel aus klebrigem Kuchenteig. Der Himmel war zutiefst lila und Kinder liefen in Halloween-Kostümen durch die Gegend. Jim und der Mann gingen durch die Straßen und die Halloween-Kostüme waren potthässlich. Dem Mann mit dem Hut entging keins davon, aber er hörte Jim zu, während Jim den Plan ausbreitete. Endlich erreichten sie die Cedar Street.

»Mann, ich bin dir echt dankbar. Du hast dich für mich eingesetzt wie kein anderer je zuvor.« Was spielte es schon für eine Rolle, dass sich der Plan auf einen Mann mit Fähigkeiten bezog – mit Gedanken anstelle von Träumen? Der Mann mit dem Hut hatte die Schnauze voll von der Wahrheit.

Jim sah ihn durchdringend an.

»Hast du mir gerade zugehört?«

»Ja logo, Mann, natürlich.«

»Und, was hast du jetzt vor?«

»Ich geh nach Hause, ich geh nach Hause und schreib's auf. Es ist erst sieben. Ich geh heute richtig früh ins Bett und morgen um sieben fang ich noch mal ganz von vorne an.«

Ein Skelett ging an ihnen vorbei.

»Und du hast keine Angst?«

»Nicht die Spur, nicht die Spur«, sagte der Mann mit dem Hut und schüttelte heftig den Kopf. »Ich mach's wirklich.«

Jim betrachtete den Mann ein letztes Mal und ging davon. Der Mann mit dem Hut rollte seine Augen zum Himmel und Tränen glitten seine Wangen hinab. Er sah keine Sterne, aber er war glücklich. O ja, er war so glücklich. Seine Brust hob und senkte sich, und es hatte nichts mit der Zigarette zu tun.

Er hatte nie einen Plan gehabt, und der Plan schuf Klarheit. Er wusste, was zu tun war: den Plan verfolgen; und was er aufgeben musste: alles, was nicht zum Plan gehörte. Zum Beispiel an der Straßenecke stehen und in den Himmel sehen.

Er machte sich auf den Nachhauseweg. Er erwischte sich dabei, wie er nachdachte, aber Nachdenken gehörte nicht zum Plan, war total abseits vom Plan, war dem Plan sogar abträglich. Er würde kein Millionär werden, aber er würde mit allen möglichen

Dingen beschäftigt sein. Er musste eine Zusammenfassung machen. Alles der Reihe nach, hatte Jim gesagt.

›Ich habe wie gewöhnlich den Winter in New York verbracht und den größten Erfolg auf allen Gebieten eingeheimst.‹

Was hatte er mit der Wahrheit zu schaffen? Es war eine Nacht im November. Es kamen noch zweiundvierzig weitere November.

»Wenn ich ein aufrichtiges Tagebuch schreiben sollte, was müsste ich sagen? Ach, dass unser Leben voller Halbheiten und Oberflächlichkeiten ist. Bald bin ich neununddreißig Jahre alt und habe zu meinen Mitmenschen auf diesem Planeten wie zu meinem eigenen Werk noch immer kein rechtes Verhältnis gewonnen. Stets zu jung oder zu alt, komme ich mit mir selbst nicht zurecht, wie kann ich da anderen Genüge tun?«

Jeder Plan wird scheitern. Das war es, was ihm der Mann verschwiegen hatte. Der Plan eines jeden Menschen. Aber das, mein Freund, ist ja gerade das Traurige am Leben.

Und jetzt, wo er es hasste, klammerte er sich daran wie an einen Pfennig.

In »Janis und Marcus« zitiert Marcus aus einem Aufsatz von Saint-Simon in *Voices of the Industrial Revolution* (Bowditch, John, und Clement Ramsland, Hg., Ann Arbor, 1968), als er sagt *»Die Philanthropen werden ihre mündliche und schriftliche Darlegung fortsetzen«* und *»Mit einem Wort, das einzige Mittel (...)«*; Janis zitiert aus *A Mencken Chrestomathy* (New York 1962), als sie sagt: *»Vor einigen Jahren begleitete ich (...)«*

In »Der Dichter und der Romanschriftsteller in der Zweier-WG« sagt der Dichter: *»So ist es in der Politik gewesen, so ist es im Christentum gewesen und so ist es in jedem anderen Bereich menschlichen Denkens gewesen.«* Dies ist ein Zitat aus irgendetwas; die Autorin kann sich nicht erinnern, aus was.

In »Das Haus am Ende der Gasse« zitiert der alte Mann aus Adam Smiths' *Untersuchung über die Natur und die Ursachen des Wohlstands der Nationen* (Leipzig 1910), als er sagt: *»Die Anordnung einer langen Lehrzeit hat nicht den Erfolg, die jungen Leute zum Fleiße zu gewöhnen«*; Stella zitiert aus Joseph Fletchers *Moral ohne Normen* (Gütersloh 1967), als sie sagt: *»Ich bin eine junge unverheiratete Frau (...)«*

In »Der Mann mit dem Hut« zitiert der Mann mit dem Hut aus Salvador Dalis *Tagebuch eines Genies* (London 1994), als er sagt: »Die Atemlosigkeit des Publikums (...)« und »Ich habe wie gewöhnlich den Winter in New York verbracht (...)«; er zitiert aus Emerson *Die Tage-*

bücher (Stuttgart 1954), als er sagt: »*Was die körperliche Arbeit von Literaten betrifft (...)*« und »*Wenn ich ein aufrichtiges Tagebuch schreiben sollte (...)*«; Jims Freundin spricht die Worte von George Sand in *Revelations: Diaries of Women* (Moffat, Mary Jane und Painter, Charlotte, New York 1979), als sie sagt: »*Du Verrückter, verlässt mich in der schönsten Stimmung meines Lebens (...)*«; Jim zitiert aus *Gespräche mit Goethe* (Leipzig 1889–1896), als er sagt: »›*Ihr müsstet wie ich*‹, *sagte Goethe, (...)*«

Tina Uebel

Ich bin Duke

Roman

Was ist wirklich, was ein Spiel? Zwei junge Männer, Duke und der Ich-Erzähler, langweilen sich trotz Kino, Partys, Bier und Zigaretten. Verzweifelt suchen sie nach einer fühlbaren Wirklichkeit, nach einem »richtigen Leben«.
Ich bin Duke ist das sprachmagische Debüt einer jungen Autorin über eine verzweifelte Fun-Generation.

»War auch Zeit, sage ich, mir wurde langweilig. Ja, sagte Duke. Er inhaliert Rauch und reicht mir den Revolver. Nein danke, sage ich, behalten Sie den Rest. Ich sage, spiel allein weiter, Duke, ich gehe solange irgendein Leben leben oder was trinken oder was anderes machen. Ja, sagt Duke. Lass mir noch 'ne Zigarette hier. Ja, sage ich, und lasse ihm eine Zigarette hier und gehe, irgendwohin, was anderes machen, sagte ich das schon?«

Berliner Taschenbuch Verlag